红军的故事丛书

火种不灭

曾凡奇 编著

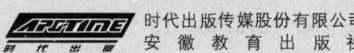

时代出版传媒股份有限公司

安徽教育出版社

图书在版编目（CIP）数据

火种不灭 / 曾凡奇编著. —合肥：安徽教育出版社，2020
（红军的故事丛书）
ISBN 978-7-5336-8870-7

Ⅰ.①火… Ⅱ.①曾… Ⅲ.①革命故事—作品集—中国—当代 Ⅳ.①I247.81

中国版本图书馆 CIP 数据核字（2019）第 056152 号

火种不灭
HUOZHONG BU MIE

出 版 人：费世平
质量总监：姚　莉
责任编辑：周　佳
美术编辑：吴亢宗
装帧设计：观止堂_未氓
责任印制：王　琳

出版发行：时代出版传媒股份有限公司　安徽教育出版社
地　　址：合肥市经开区繁华大道西路 398 号　邮编：230601
网　　址：http://www.ahep.com.cn
营销电话：(0551)63683012,63683013
排　　版：安徽时代华印出版服务有限责任公司
印　　刷：大厂回族自治县德诚印务有限公司

开　　本：650×960　1/16
印　　张：8.75
字　　数：155 千字
版　　次：2020 年 5 月第 1 版　2020 年 5 月第 1 次印刷
定　　价：25.00 元

（如发现印装质量问题，影响阅读，请与本社营销部联系调换）

"红军的故事"丛书编委会名单

许思义
周　平
张荣辉
孙红超
盖　克
马永义

序 言

夜半三更哟盼天明

寒冬腊月哟盼春风

若要盼得哟红军来

岭上开遍哟映山红

……

每当听到电影《闪闪的红星》插曲《映山红》的优美旋律，我就情不自禁地跟着唱起来，电影中的画面不断地在眼前浮现。

童年的我最喜欢的一部电影就是《闪闪的红星》，是它，让我对红军形象有了具体的感知。原来，红军不是神秘的"天兵天将"，而是一个个有血有肉的人。他们同我们一样，有爱有恨，有喜有悲。但他们与我们又不一样。但哪里不一样呢？孩提时代的我，是搞不清楚这个问题的。

我的家乡是一个革命老区。抗日战争时期，新四军在那儿战斗过。听家乡的老人说，有一年鬼子来扫荡，老百姓跑到东边的山里躲藏起来，是一个新四军战士开枪，把鬼子引到了西边的山上，老百姓这才躲过了一劫。我的家族中有一位前辈，据传是新四军的一名基层军官，最后牺牲在鬼子的枪口下。谭震林指挥的"峨山头搏斗"，就发生在我的家乡。

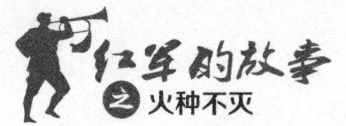

　　小时候的我分不清红军、八路军、新四军有什么区别，但我知道，他们都是英雄。后来，我是从老人们讲的故事中、从电影中、从书本中了解了红军、八路军、新四军的。我热爱他们，钦佩他们！

　　研究生毕业时，正赶上军校特招地方大学生入伍，我毫不犹豫地应征，成了一名军人。我认识到，红军、八路军、新四军都是党领导下的人民军队，他们与其他军队的根本区别就是，他们是人民的子弟兵，全心全意为人民服务是他们的宗旨。

　　在我的家乡，清明节这天，无论晴天还是雨天，各校师生都要集合起来，带着花圈，给烈士们扫墓。在烈士墓前，师生们恭恭敬敬地聆听烈士们的英雄故事。有一位烈士，没有家人，连名字都没有人知道，他的墓前只有一块石碑。老师们唏嘘不已，学生们悲伤流泪。之后，各人回各人的家，随家人给自己的先人上坟。家里有孩子上学的，大人一定会等孩子给烈士扫墓后，再领孩子上自家的祖坟。我们这一代人，在红色文化熏陶下从童年走入青年，又从青年走入中年。

　　成长于改革开放时期的青少年们，更多的是从各种媒体中了解人民军队的。为了让青少年们对红军有更加全面、具体的认识，我们编写了"红军的故事"丛书。我们想告诉青少年朋友：正确认识历史，我们才能更好地前进。为了创造更辉煌的未来，我们不能忘记红军！

汤家玉

目　录
CONTENTS

第一章
最后的中央苏区

临危受命	1
陈项之争	4
中央来电	8
九路突围	11

第二章
风浪考验

血腥屠杀	16
残酷"清剿"	18
大浪淘沙	20

第三章
悲壮抗争

《梅岭三章》	27
血染铜钵山	30
跟着张鼎丞打游击	33
英勇的红三团	36

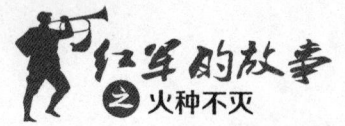

齐聚鄱公山	39
血战浙西南	43
战旗折戟武夷	47
针锋相对	52
麦市突围	54
陈毅"受审"	58
奇袭华王庙	62
便衣武装显神威	64
聚散自如巧破敌	67
扑不灭的琼崖星火	69

第四章
军民鱼水

人民支援永不忘	82
革命好嫂子周篮	83
闽西儿女舍命保红军	87
各族同胞齐抗争	90

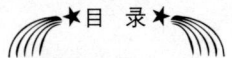

第五章
永远的丰碑

"带镣长街行，志气愈轩昂"——刘伯坚	93
"枉抛心力作英雄"，"黄昏已近夕阳红"——瞿秋白	98
"此生合是忘家客，风雨登轮出国门"——何叔衡	102
"我掩护你们！"——毛泽覃	106
"颈血常思敌国溅，寸心久欲报家邦"——贺昌	110
"敌人只能砍下我们的头颅，决不能动摇我们的信仰！"——方志敏	112

附录

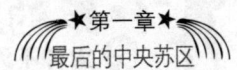

第一章　最后的中央苏区

1934年,由于王明"左"倾教条主义在红军中占据了统治地位,加上军事指挥错误,中央革命根据地第五次反"围剿"失利,中共中央领导机关和红军主力被迫转移。为保卫中央苏区和土地革命的胜利果实,党中央决定由项英、陈毅等组成苏区中央分局和中华苏维埃共和国中央政府办事处,继续领导苏区工作。艰苦卓绝的南方三年游击战争从此拉开了序幕。

临危受命

1934年10月,萧瑟的秋风如期而至,拍打着中央苏区的一草一木。秋风中的中华苏维埃首府——瑞金,沉浸在一片忙碌之中。越来越近的枪炮声,迫使党中央、中央革命军事委员会(以下简称"中革军委")不得不做出红军主力离开中央苏区、实行战略转移的决定。就在中央红军匆忙整理物品、清点人员准备战略转移的时候,赣南军政委员会主席项英来到当时中共中央的总负责人博古的住处。

"中央红军主力要转移了,辛辛苦苦创建的苏区不能就这么放弃,必须要留下可靠的人来领导苏区人民坚持斗争。"作为中共中央和中革军委的主要负责人,博古在仓促组织红军主力战略转移的同时,也在思考着中央苏区的留守问题。

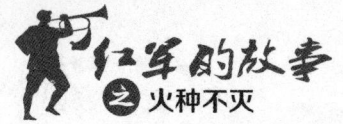

博古说道:"项英同志,让你来,是有一项重要的任务要交给你。中央机关马上就要离开苏区了,中央决定成立中央分局领导苏区工作,准备让你留下来主持中央分局工作。中央千挑万选,为什么挑选你项英同志来主持中央苏区的工作呢?那是因为你身上涌动着产业工人的血液,有着对无产阶级事业绝对的忠诚,而且经过长期考察,中央认为你有坚定的、百分之百的布尔什维克党性原则,相信你在主力转移后,能不折不扣地执行中央既定的路线。"

"感谢中央的信任,我一定和中央分局的其他同志一起,率领苏区军民,为保卫用鲜血换来的苏维埃事业而奋斗到底。"项英的表态让博古很满意,他如释重负地跟项英仔细传达着中共中央和中革军委对苏区斗争的设想和部署。

就在博古跟项英谈话的同时,周恩来迈着匆匆的步伐走进了瑞金的国家医院。此时,医院工作人员忙着打包医疗器械,各部队忙着从医院接走自己的轻伤员,一切都显得那么忙乱。周恩来穿过人群,径直走进陈毅的病房。第五次反"围剿"时,陈毅在老营盘前线指挥作战时被敌人的炮弹击中了大腿,此刻正焦虑地躺在医院的病床上。病房外的忙碌情景,让他觉察出部队已经开始行动了,而自己因为手术遥遥无期一直滞留在医院里,此时的他是多么渴望了解外边的情况,多么渴望回到队伍中与同志们并肩战斗啊!然而,自受伤以来,来看望自己的老战友们都似乎在刻意回避这些问题。作为一个老革命,他知道党的纪律,也就不主动追问什么了。

★陈毅

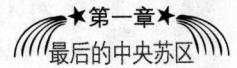

此刻,他终于见到了日思夜想的战友、领导、兄长,他是那么激动,高兴得像个孩子,忘却了自己的腿伤,踉跄着下床扑向周恩来。

周恩来紧走两步,一把把陈毅扶上了床,说道:"快躺下!快躺下!"

刚一坐下来,陈毅就请求周恩来给他讲一下外边的情况。他十分清楚,作为中革军委军事"三人团"的成员之一,周恩来在这么关键的时刻来医院看他,肯定有非常重要的事情。

"中央机关和红军主力就要战略转移了,本来应抬着你走的,但你在江西搞了十几年,有影响,有名望,又懂军事,此次中央走了,不把你留下,无法向群众交代呀。中央决定让你和项英同志留下来坚持斗争。"周恩来望着病床上并肩战斗多年的老战友那被伤痛折磨得憔悴不堪的脸庞,声音哽咽了。他紧紧地握着陈毅的手说:"你留下来,担子也不轻啊!项英同志在军事上缺乏经验,还得你多帮助。你有什么意见吗?"

听了周恩来的话,陈毅坚定地说:"我没有意见,服从组织安排。"突然,陈毅又满脸忧虑地对周恩来说:"恩来呀,中国革命少了我陈毅没得啥子关系,但是绝不能没有毛泽东,只有他最了解中国。你一定要说服他们,带着毛泽东同志一块走。"这就是我们老一辈的革命家,不管何时何地,也不管自己的境遇如何,他们首先想到的永远是党的革命事业。

谈完工作之后,在周恩来的亲自吩咐下,医院取出了已经装箱打包好的X光机,并派人抬来了中革军委电台的发电机,当场给陈毅拍片子、做手术。在长征之前,能够看到陈毅顺利地做完手术,周恩来的心轻松了许多。试想,等到红军主力离开之后,形势势必更加严峻,再想做手术就更难了,这样的话,连走路都成问题的陈毅又如何能挺过后面艰苦的游击生活啊!

虽然在安排红军主力和中共中央转移的过程中,作为中央负责人的博

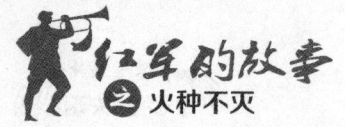

古有过失，但将项英、陈毅留在中央苏区坚持领导苏区斗争，的确算是一个对中国革命有重大影响的正确决定。在中共中央、中华苏维埃共和国临时中央政府和中革军委机关相继撤离瑞金之际，项英、陈毅临危受命，毅然挑起担子，负责新成立的中央分局、中央政府办事处和中央军区，带领和指挥留在根据地的部分红军和游击队，在人民群众的支持下，坚持苏区斗争，策应主力转移，坚持游击斗争，书写了三年游击战争的光辉篇章。

陈项之争

中央红军主力撤离中央苏区之后，在数十倍敌人的进攻下，苏区的斗争形势显得越发严峻。多年的军事斗争经验告诉陈毅，一场大风暴即将席卷整个苏区，如果不及时改变第五次反"围剿"中的那种阵地战、堡垒战、大兵团作战的形式，与优势敌人硬碰硬势必葬送掉留守苏区的革命武装。因此，当务之急是赶在敌人深入中央苏区腹地之前，迅速分散干部和部队，开展广泛灵活的游击战争，保存革命力量。然而，作为中央分局书记的项英对苏区面临的形势和下一步的战略方针与陈毅有着截然不同的看法。项英对形势盲目乐观，始终不承认第五次反"围剿"的失败，坚持要严格按照博古的指示搞大兵团作战，保卫中央革命根据地。

1934年10月14日，在中共中央和中革军委机关撤离仅4天后，项英就召集留守苏区的中共中央和中央政府各部门的主要负责人在瑞金梅坑的马道口举行会议，当时，陈毅因伤坐在担架上参加了会议。项英在会上宣布了中央关于成立中央分局和中央政府办事处的决定：中央分局由项英、陈毅、瞿秋白等人组成，项英任书记，陈毅任中央政府办事处主任。为了迷惑敌人，策应主力红军的转移行动，中央分局和中央政府办事处的名称

第一章
最后的中央苏区

★陈毅（左）、项英（中）和张云逸（右）

暂时不对外公布，行文和报纸仍用之前的名称。紧接着，项英豪迈地告诉大家："中央给我们的任务是带领苏区军民，坚持斗争，保卫苏区，保卫土地革命的胜利果实，配合主力红军，在有利条件下进行反击，收复被敌人占领的根据地。"会场上的项英显得异常激动，他仿佛已经看到了党中央率领中央红军主力打回来的场景。他站起来，有力地挥动着右臂说道："我们要号召每个工农群众都武装起来，用我们的梭镖、短刀、鸟枪、土炮，用一切武器武装起来，阻止敌人侵入苏区，不让敌人践踏我们的一寸土地，无论如何都要把敌人驱逐出去，把他们全部消灭在我们的苏区门外！"项英的话让在场的人们热血澎湃，然而坐在担架上的陈毅显得坐立不安。他对项英的这种盲目乐观的认识感到深深的不安。尽管他与项英在根据地斗争的战略构想上有着大相径庭的看法，但在会上他只是做了简短的发言，并没有针对项英的话多讲什么。他知道，作为留守中央苏区的主要负责人，如果他们两个在会上争吵起来，势必会影响队伍的团结，中央走后，他们最需要的就是凝心聚力。他决定在私下里跟项英好好交流交流。

第二天，项英来到医院看望、慰问仍旧躺在病床上的陈毅，并就中央

红军撤离后,苏区下一步的斗争策略征求陈毅的意见。一开始病房里的气氛十分融洽,项英对躺在病床上的这位老革命也是十分尊重的。虽然博古在离开中央苏区之前,特意交代项英"要时刻警惕陈毅的右倾机会主义思想",但项英坚信陈毅对党、对革命的忠诚,也十分敬佩陈毅的军事指挥才能,他知道未来的苏区斗争离不开陈毅。

"你能留在这里,真是太好了!"对于陈毅的留下,项英是发自内心的高兴。

在项英刚想进一步询问他病情的时候,陈毅就迫不及待地拉着项英走到书桌旁,他似乎忘记了自己还是一个病人,满脑子想的都是苏区的革命斗争。陈毅直率地跟项英谈了自己对当前形势的看法,他认为:第五次反"围剿"失败了,中央红军主力转移了,在数十万国民党军持续向中央苏区腹地进攻的形势下,留守部队的活动空间越来越小,大规模、大兵团的作战模式已不适应形势的发展了,保卫苏区、配合主力反攻那更是天方夜谭。要不了多久,敌人就会大兵压境,大风暴随时都有可能袭来。当务之急,不是集中部队处处拒守,而是应提前准备,分散隐蔽精干力量,保存革命火种。最后,陈毅说道:"这次不能搞大的行动,江西总要有个大风暴,度过这个大风暴,就转入胜利,不能度过这个大风暴,就要灭亡,江西苏区就会全部被消灭。这次就考验我们在这大风暴里能保存多少。"

听了陈毅的话,项英变得严肃起来,病房的气氛也一下子变得凝重了。项英说道:"老陈,你怎么能说第五次反'围剿'失败了呢?中央给我们的任务是保卫中央根据地,你这种悲观失望情绪要不得。"

项英的话让陈毅感到更加不安,他也变得急躁起来,反驳道:"我对革命从不悲观失望!但是对那种不能清醒地估计当前形势、不承认反革命暂时强大、看不到革命低潮到来的错误认识,才大失所望呢。失败就是失败，承认失败还可以不失败或少失败些，失败了硬是不承认，那是十分危险的。"

然而，项英始终不愿承认暂时的失败，他认为，红军主力会在湘西或湘黔连续打几个大胜仗，建立新的大块革命根据地。大部分国民党军的兵力会被吸引到那里去。待红军主力会师，中央苏区就能粉碎敌人的进攻，恢复已失去的革命根据地。陈毅不同意项英的这种看法，他平复了一下自己焦躁的心情，耐心地给项英分析形势。陈毅认为，主力红军在脱离根据地且被敌人围追堵截的情况下，想打大胜仗，十分困难。因此，不能寄希望于主力红军打大胜仗，应自立更生，做好长期斗争的准备。他建议："红二十四师和游击队应立即分散到中央革命根据地各个县去，作为游击战争的骨干，这样可以保存一批相当可观的力量，高级干部如瞿秋白、陈正人、周以栗等都有病在身，还有一些不便行走的革命人士，最好让他们穿上便衣，到白区去隐蔽起来。"

然而，由于深受王明"左"倾教条主义的影响，项英的思维方式还停留在第五次反"围剿"时期，不肯背离博古、李德临走前制定的战略方针，对陈毅的意见不以为意。项英热衷于大兵团作战，甚至希望能再次创建一个像原来中央苏区一样大的根据地。他计划把留守的红军地方部队和红二十四师以及各游击队集中起来，跟敌人死打硬拼，步步阻击敌人。由于项英是中央分局书记，是留下坚持苏区斗争的党政军总负责人，重大问题还得由他拍板，陈毅只好保留自己的意见。虽然自己的正确主张没有被接受，但陈毅还是积极地配合项英工作。由于斗争方针的错误，留守部队错过了最佳的转移时机。随着根据地的逐步沦陷，留守苏区的干部、部队面临着越来越严重的生存危机。

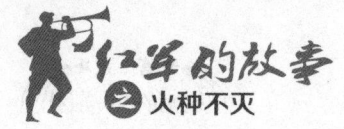

中央来电

从10月中旬到11月底，以项英为领导的中央分局、中央军区，在苏区群众的支持下，指挥留守中央苏区的红军和地方武装接替主力红军防务，积极行动，迟滞和阻击敌人向中央苏区腹地推进，牵制了大批国民党军，为掩护和策应主力红军的顺利突围做出了重大贡献。

在主力红军撤离初期，中央分局和中央政府办事处采取了较好的保密措施，释放各种"烟幕弹"麻痹敌人。比如，陈毅要求各苏维埃政府职能部门正常办公，为麻痹敌人，他还特意嘱咐中央法院开庭审理案件。这些举措，让敌人一时不敢贸然向中央苏区腹地进攻，使中央苏区尚且还能坚持。然而，在摸清中央苏区的虚实之后，国民党军开始大举向中央苏区腹地发起进攻。形势急转直下，宁都、瑞金、雩都相继沦陷，即使红二十四师在谢坊战斗中重创了进攻会昌的敌人，赢得了战斗的胜利，但局部的胜利根本无法扭转整个苏区的局势，反而暴露了红军的主力，使红二十四师成为敌人追击的主要目标，不利于红军有生力量的保存。至11月30日，中央苏区的县城已全部被敌人占领。随后，国民党军采取堡垒封锁的方法，利用县城、公路、堡垒将中央苏区分割成若干个小块，压缩红军的活动空间，对红军和游击队展开分区"清剿"。

苏区的形势越来越严峻了，如若再不赶紧转变战略方针，转入游击战，坚守苏区的红军部队势必难逃全军覆灭的厄运。为应对急剧恶化的形势，项英于12月中旬在宽田主持召开中央分局会议，商讨下一步的斗争策略。陈毅在会上力主迅速开展动员，分散主力，全面转入游击战争，他的主张得到了与会绝大多数人的赞同。在残酷的现实面前，项英也接受了陈毅的主张，并让陈毅起草一个关于全面转入游击战争的指示，下发各地。为加

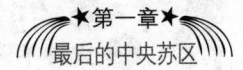

强对游击战争的领导，会议还做出决定，立即分散一些得力的干部到各地去，指导开展游击战争。比如委派中央分局委员张鼎丞回闽西，领导当地的游击战争；调原中央审计委员会主任阮啸仙任中共赣南省委书记等。会后，中央军区开始在各部队中开展游击战争的动员教育，并开始进行物资筹备和伤员、家属的分散安置工作。

虽然项英同意了陈毅分散游击的建议，但在没有得到中央的指示和回复的情况下，他始终不敢下最后的决定。1935年1月，为了请示留守红军下一步的具体行动方向，他接连给中共中央和中革军委发报。然而一直到2月初，项英始终没有收到中央的回电。形势危急，一向对中央绝对服从的项英，此刻在心里也开始抱怨了。2月4日是农历大年初一，在屋子里来来回回踱步的项英却没有一点过年的心思。他突然停了下来，转身向电台室大步走去，命令通信员再次给党中央、中革军委发报："目前行动方针必须确定，是坚持原地，还是转移方向，分散游击及整个部署如何，均应早定，以便准备。"在电报中，他还抱怨道："中央与军委自出动以来无指示，无回电，也不对全国布置总方针。"

然而项英并不知道，远在几千里之外的党中央和中央红军，此刻正经历着事关生死存亡的大转折。1月15日至17日，中央在贵州遵义召开了政治局扩大会议，纠正了博古、李德的错误领导，结束了"左"倾教条主义错误思想在党中央的统治地位，毛泽东重新回到了党和军队的领导岗位。遵义会议后，新的中央领导集体忙于指挥中央红军摆脱国民党军的围攻，无暇顾及项英的请示电报。2月5日，项英再次将中央分局的行动意见电告党中央，并要求中央立即给出指示，否则情况会更加危急。接到项英的电报时，中共中央正在川滇黔交界处一个叫"鸡鸣三省"的地方召开政治局常委会议，这次会议决定由张闻天代替博古在中央负总责，毛泽东和周

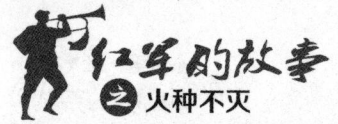

★鸡鸣三省会议纪念碑

恩来负责军事指挥。接到项英的电报，毛泽东、张闻天和周恩来3人交换了意见，当日即由中央书记处给项英回复了一份"万万火急"的电报。电报指示：

（甲）分局应在中央苏区及其邻近苏区坚持游击战争，目前的困难是能够克服的。斗争的前途是有利的。对这一基本原则不许可任何动摇。（乙）要立即改变你们的组织方式与斗争方式，使与游击战争的环境相适合。而目前许多庞大的后方机关部队组织及许多老的斗争方式是不合适的。（丙）成立革命军事委员会中区分会，以项英、陈毅、贺昌及其他二人组织之，项为主席。一切重要的军事问题可经过军委讨论，分局则讨论战略战术的基本方针。先此电达，决议详情续告。

项英拿着日思夜盼的中央来电，激动得一遍又一遍地读着，一页简单的电报稿纸让焦躁不安的他一下子找到了主心骨。他跑向陈毅的屋子，一边跑一边高喊着："中央来电了！中央来电了！"

中央的来电，统一了中央分局的认识。接到电报后，中央分局立即在驻地井塘村召开会议，传达中央指示，讨论部署下一步的突围、疏散办法。

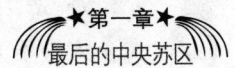

九路突围

中央的指示给项英、陈毅吃了一颗定心丸,更加坚定了他们分散突围、进山游击的决心。由于敌情紧张,接到中央来电后的第三天,项英、陈毅、贺昌就率领中央分局和中央政府办事处机关及部队离开了驻地井塘村,开始向于都南部的禾丰地区转移。

在敌人的分片"清剿"下,整个中央苏区,由红军全部控制的也就只剩黎村和禾丰两个狭小的区域了。2月13日,中央分局在禾丰收到了中央的详细指示,也就是2月5日中央来电中提到的"决议详情"。在这份电报中,党中央对中央分局今后的行动方针、组织形式和斗争策略等具体问题都做出了指示。要求留守苏区的同志要克服悲观失望情绪,坚定革命必将胜利的信心,放手发动广大群众,在薄弱山区及敌后,有计划地开展游击战争;给地方党和游击部队充分的自主权,以便在被敌人分割包围的情况下,各地区党组织能够独立自主地领导本地区的游击战争。

中央的两份电报给危机中的苏区指明了以后的斗争方向,也让中央分局的同志们心情振奋。它就像是大海上的一座灯塔,为正处于风雨飘摇中的苏区的军民照亮了前进的方向。

接到中央具体指示的当晚,中央分局即在禾丰召开了紧急会议,讨论如何贯彻中央的指示精神,搞好分散游击工作。在会上,陈毅说道:"事到如今,只有突围,冲杀出去,才有希望。留得青山在,不怕没柴烧。"中央的指示也让项英转变了思想观念,他连连点头,表示:"陈毅同志的意见符合中央的指示精神,我完全同意。"会议表决通过,一致拥护中央的指示,

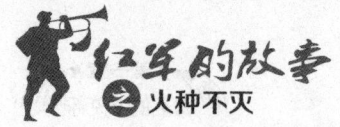

并决定留守的红军部队分九路进行突围。

第一路：由少共中央分局书记李才莲率领红军独立第七团经会昌向闽赣边前进。如有可能再转到宁都博生县以北，开展游击战争。

第二路：由陈潭秋、谭震林率领红二十四师的4个连向闽西突围，与先期到达的张鼎丞部会合，坚持闽粤边的游击战争。

第三路：由中央分局委员、中央苏区政治保卫分局局长汪金祥率领红二十四师的4个连向寻邬南部和蕉岭、平远、武平一带突围。

第四路：由红二十四师第七十二团团长李天柱率领红二十四师的4个连进至寻南游击区，并向广东东江地区发展。

第五路：由中央军区参谋长龚楚、红七十一团政委石友生率领红二十四师第七十一团，向信丰、油山方向突围，并择机转入湘南，开展游击斗争。

第六路：由原红军独立师师长毛泽覃率领1个连向闽西突围，与福建省委书记万永诚、军区司令员龙腾云率领的部队会合。

第七路：红军独立第三团在团长徐鸿、政委张凯的率领下，向湘赣边转移，在该地坚持游击斗争。

第八路：红军独立第六团在赣南省委书记阮啸仙、省军区司令员蔡会文、政治部主任刘伯坚、中央政府办事处副主任梁柏台的领导下，留在禾丰、黎村地区，坚持赣南游击战争。

第九路：中央分局主要负责人项英、陈毅、贺昌随红二十四师第七十团行动，在各根据地之间穿插游击，以便与各根据地保持联系。

会后不久，各路突围部队就迅速做好了突围前的各项准备工作，只等中央分局一声令下。2月23日，就在项英为突围部队做最后的动员时，中央再次致电中央分局，要求留守中央苏区的红军在突围过程中要吸取中央主力红军长征初期的教训，轻装简行，增强部队的灵活性，切忌搬家式的行动。随后，各路部队陆续开始突围行动。然而，由于项英的迟疑不决，此时的红军已经错失了突围的有利时机，各路突围部队

★油山革命纪念碑

均遭到敌人的围追堵截，损失惨重。虽然在突围过程中很多部队被打散了，很多干部和战士牺牲了，但突围出去的一部分革命火种燃起了南方三年游击战争的熊熊烈火。1935年4月初，历经艰辛的项英、陈毅到达油山，与李乐天、曾彪等人领导的油山游击队会合。几天之后，蔡会文、陈丕显也率领队伍突围到了油山。几支队伍的会合，壮大了油山的革命力量，使油山游击队的总人数增加到1400多人。从此，油山也成为项英、陈毅领导三年游击战争的大本营。

拓展阅读

1935年1月，中国工农红军在长征途中解放了黔北重镇遵义。根据黎平政治局会议的决定，在毛泽东、张闻天、王稼祥等领导同志的努力促成下，1月15日至17日，中共中央在遵义召开政治局扩大会议。参加会议的政治局委员有：周恩来、张闻天、毛泽东、朱德、陈云、博古；政治局候补委员有王稼祥、刘少奇、邓发、何克全。此外，红军总部和各军团主要负责人刘伯承、李富春、林彪、聂荣臻、彭德怀、杨尚昆、李卓然等也参加了会议。

会议的主要议题是总结第五次反"围剿"以来的经验教训。首先由博古作关于反对敌人第五次"围剿"的总结报告。他的报告对这次反"围剿"战争失败缺乏应有的认识，并为其错误辩护。接着，周恩来代表中革军委作军事工作报告。他在报告中客观地总结分析了第五次反"围剿"战争以来的全面情况，批评了博古、李德在战略战术指导方面脱离中国革命战争实际情况的严重错误，并诚恳地作了自我批评。他认为红军正面临着比第五次反"围剿"战争时期更加复杂的敌情，只有改变错误的军事领导，让善于运用运动战的毛泽东来指挥红军，红军才有希望，革命才能成功。周恩来的发言使与会同志看到了红军得救，而且一定会取得胜利的光明前景。

张闻天在会上作了批判"左"倾军事路线的报告，指出了博古、李德在军事问题上的一系列严重错误。他作为当时中央政治局委员兼

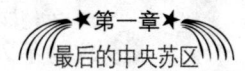

书记处书记,能从"左"倾路线分离出来,对会议纠正军事领导上的错误,起到了重要的作用。

毛泽东在会上作了重要的长篇发言,着重批评了"左"倾冒险主义在军事领导上所犯的一系列根本性的错误;并用反对敌人前四次"围剿"的事实,据理批驳了博古在总结报告中为第五次反"围剿"失败辩护的错误观点。与会同志绝大多数明确表示支持毛泽东的正确主张,批评李德、博古在军事指挥上的错误。

会议改组了中央书记处和中央革命军事委员会,取消了博古和李德的最高军事指挥权。张闻天代替博古在中央总负责,毛泽东被选为政治局常委,毛泽东、周恩来负责军事。随后,以毛泽东为首,周恩来、王稼祥参加的三人军事领导小组成立了,从而结束了王明"左"倾教条主义在党中央的统治,事实上确立了毛泽东在红军和党中央的领导地位。

遵义会议是中国共产党第一次独立自主地运用马克思列宁主义基本原理解决自己的路线、方针和政策方面问题的会议,使红军和党中央在极其危急的情况下得以保存下来。从此以后,红军转败为胜,转危为安,胜利地完成了战略转移。

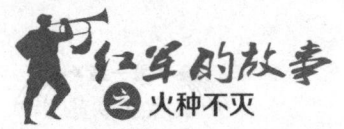

第二章 风浪考验

中央苏区丢失了,主力部队转移了,面对国民党反动派残酷的"清剿"和血腥的屠杀,大部分革命群众和革命战士的意志更加坚定,斗志更加顽强,但也有少数意志不坚定的人对革命的前途感到迷茫甚至绝望。在敌人的威逼利诱下,这些意志薄弱者选择了背叛革命、背叛组织、背叛同志,他们就像沙子中的杂质一样,随波逐流,任人摆布。在荡尽泥沙之后,沉淀下来的都是不怕火炼的革命真金。只要有这些真金在,南方的火种就在,红旗就在。

血腥屠杀

1934年10月,红军主力长征以后,在中央分局和中华苏维埃中央政府办事处的领导下,苏区各机构仍都处于正常工作状态。这在一定程度上,麻痹了包围苏区的国民党军,使其不敢轻易深入苏区腹地。

11月中旬,侦悉中央红军主力确已放弃苏区,实行战略转移的蒋介石命令苏区周围的国民党部队,加紧向苏区腹地推进,加大"清剿"力度。过去的几年里,一次次"围剿"的失利使蒋介石对苏区的老百姓早已是深恶痛绝。他叫嚣着对参加"清剿"的将领命令道:"这里老百姓受共产党毒害太深,要'铲草除根',石头过刀,人换种,决不能让赤色政权'死灰复

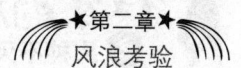

燃'。"一时间，血雨腥风、遍地哀嚎，一场疯狂的反革命风暴席卷了整个苏区。

国民党反动军队进入苏区之后，叫嚷着"宁可错杀一千，不能错放一个"的反动口号，肆意屠杀与红军和苏区有过联系或者接触的群众，对红军游击队活动过的村子实行惨绝人寰的烧光、杀光、抢光的"三光"政策。被红军打倒的土豪劣绅，在国民党军的支持下，组织了"还乡团""铲共团""暗杀团"，大肆搜捕、屠杀红军家属和红军伤病员，对共产党员和革命群众进行灭绝人性的阶级报复，种种骇人听闻的酷刑，都被他们用在了苏区群众身上，甚至连小孩都不放过。

在国民党反动军队的血腥屠杀下，不少村庄成了"无人村""血洗村"，尸骨遍野，血流成河。国民党军在侵占中央苏区最初的几个月，就彻底毁灭村庄145个，房屋近3.5万间，仅兴国、瑞金、于都、宁都、石城、会昌、寻乌、上犹8个县就有3.6万余名干部和群众被杀害。整个苏区到处是一派"国破家亡"的悲惨景象，以至于连国民党反动派自己都厚颜无耻地承认，在"清剿"区内，"无不焚之居，无不伐之树，无不杀之鸡犬，无遗留之壮丁，闾阎不见炊烟，田野但闻鬼哭"。据不完全统计，在近三年的游击战争时期，仅中央苏区就有近70万干部和群众被国民党反动派残忍杀害。

"民不畏死，奈何以死惧之？"血腥的屠杀吓不倒苏区群众，更无法彻底扑灭革命的火焰。以高压的白色恐怖统治人民群众，奉行屠杀主义，只不过是"为渊驱鱼，为丛驱雀"，只会更加激起群众对国民党反动派的仇恨心理。蒋介石以为只要杀尽了革命群众、"换了种"，就能彻底地杜绝共产主义。然而，情况并不是这样，群众心中的革命火种他们永远都无法浇灭，国民党反动派的倒行逆施只会让他们与群众本就危如累卵的关系更加恶劣。

坚强的苏区群众如同一堆堆干柴，只要革命的火种重新燃起，他们就能很快地燃成熊熊烈火。正如陈毅元帅回忆的那样，"老头子、小孩子、妇女，满坑满谷，满村满野地跑，真是一派国破家亡的悲惨景象。那样惨痛，没有人抱怨，没有人骂共产党。老百姓看到我们负了伤，也安慰我们"。这就是我们可亲可敬的苏区人民，这就是比血还浓、比命还重的情义。苏区人民对党和红军的情义，对革命的忠贞是任凭国民党反动派如何迫害都斩不断的。

残酷"清剿"

1935 年 3 月，国民党军全部占领中央苏区。为彻底消灭留在南方各省坚持战斗的红军游击队，彻底铲除苏区的革命武装，蒋介石调集重兵对各游击区进行全面"清剿"。在血腥屠杀苏区群众的同时，国民党军还想尽一切残酷手段"清剿"坚守在苏区的红军游击队。当时，国民党军对我红军游击队的残酷"清剿"主要有四种手段。

第一种是组织军事"清剿"。国民党正规部队与地方反动武装相互勾结、狼狈为奸，几乎不给红军游击队喘息的机会，天天进山"清剿"。从山脚到山顶，再从山顶到山脚，就像过筛子一样，一遍遍地过，使得山上的红军游击队员们成天疲于奔命，来回转移，得不到片刻的休整。例如，余汉谋指挥粤军和江西的"保安团""铲共团"等地方反动武装以营连为单位，组成"清剿"队，每天不间断地对油山游击区进行"搜剿"。粤军运用听响声、看烟火、跟脚印等方法搜寻游击队，并派人伪装成老百姓或者利用叛徒带路，伏击、包围游击队，给坚守油山斗争的陈毅、项英等中央分局的同志造成了多次险情。1935 年 4 月的一天下午，陈毅拖着伤腿与警卫员一

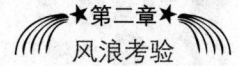

起跟着游击队搬家,谁知在搬迁的路上,游击队遭遇了敌人,双方一交火,队伍就被打散了。由于大腿上有伤,行走困难,陈毅急中生智,同警卫员一起躲进了路边水沟的芦苇丛中。敌人搜索过来了,可是面对臭气熏天的水沟,谁也不愿意进去搜,这才使得陈毅躲过了一劫。同年10月,叛变的原中央军区代理参谋长龚楚带领敌人偷袭中央分局驻地,幸亏哨兵警觉性高,陈毅、项英等人才得以脱险。

第二种是实行严格的经济封锁。国民党军在游击区周围层层设卡,严格检查进山的村民,一旦发现有人往山上携带粮食、盐巴等生活必需品,就以"通匪"罪处决。同时实行严格的经济管制措施,严禁粮食、油、布料、食盐的自由买卖,严格限制游击区群众购买粮、油等生活必需品的数量。例如,在闽赣边游击区,国民党对村民的生活必需品实行严格的配给制,按每家每户的人口数,规定每月各家只能购买刚好能够维持自家生活的量。

第三种是实行保甲制度,强化基层反动统治。为切断群众与红军游击队的联系,彻底孤立在山中坚持斗争的红军游击队,国民党在各游击区普遍推行"移民并村",强化"保甲连坐"制度,规定十户为一甲,实施"一家通匪,十家连坐,一家窝匪,十家同祸"的株连法。例如,在赣粤边游击区,国民党专门颁布了《剿匪区内各县编查保甲户口条例》,明确规定赣粤边各县、乡、村镇一律按十户为一甲,十甲为一保,五保为一联保的形式编组,各保、各甲实行连坐法,并且规定保甲内的成年男子都要编入"铲共义勇队",以此来监视和控制群众。

第四种是利用"怀柔"伎俩,进行政治欺骗。他们威逼利诱革命队伍中的一些意志薄弱者自首、变节,企图以此来分化瓦解红军游击队。同时,一些游击区的国民党军还在群众中散布谣言,污蔑红军游击队是"朱、毛

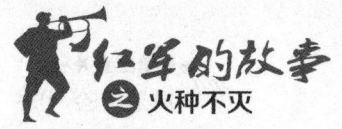

红军不要的土匪"。更有甚者,一些无耻的国民党军伪装成红军游击队,烧杀抢夺老百姓的财物,破坏红军游击队在群众心中的形象。同时,在游击区内大肆张贴招抚和自首、悬赏公告,威逼红军家属上山喊话,引诱不坚定分子投降。例如,在闽西游击区,国民党实行自首政策,颁发所谓《自首自新条例》,从政治上动摇和瓦解红军游击队。

国民党的军事"清剿"、经济封锁、反动统治与政治瓦解在一定时期给坚持游击战争的红军游击队造成了极大的困难,游击队员们在缺衣少食的状况下,昼伏夜行,风餐露宿,过着野人般的生活。陈毅曾在油山写下了一首词,深刻地再现了红军游击队队员们所经历的极端残酷的生存环境:"天将晓,队员醒来早。露侵衣被夏犹寒,树间唧唧鸣知了。满身沾野草。……天将午,饥肠响如鼓。粮食封锁已三月,囊中存米清可数。野菜和水煮……"

大浪淘沙

"真的猛士,敢于直面惨淡的人生,敢于正视淋漓的鲜血。"蒋介石掀起的反革命风暴让血腥与死亡的气息弥漫整个苏区,恐惧与仇恨在游击区军民的心中交织、激荡。在血雨腥风面前,坚强的苏区群众和执着的红军游击队员们经受住了严峻的考验,他们含泪拭去亲人、战友身上的血迹,抱定革命必胜的信念,拿起武器继续斗争在山野丛林。然而,苏区的丧失、敌人的残酷"清剿"和深山老林的艰苦生活也让少数意志不坚定的人对革命的前途和游击队的生存感到迷茫甚至绝望。意志上的薄弱必然会导致思想上的动摇,在敌人的威逼利诱下,一些意志薄弱者就像沙子中的杂质一样,随波逐流,任人摆布。

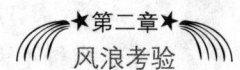

革命队伍中被敌人收买利用的这些"杂质",对红军游击队的危害无疑是巨大的。他们熟悉红军游击队的生活、活动规律,掌握着部队的行踪,就像一颗颗定时炸弹,时刻危及着游击队的安全。1935年10月发生的"北山事件",就是敌人利用叛徒龚楚诱杀北山游击队,破坏赣粤边游击区指挥机关的一个无耻的阴谋。

中央撤离中央苏区后,为领导苏区斗争,决定成立中央分局、中央政府办事处和中央军区,由龚楚任中央军区的代理参谋长。龚楚参加革命后,一直从事军事工作,有一定的军事指挥才能,但有对革命前途感到悲观失望的老毛病,而且贪图名利和官位。1934年11月,为讨好中央分局书记项英,去掉自己参谋长头衔前面的"代理"二字,龚楚明知项英做出的集结红二十四师主力于谢坊伏击敌人的决定十分不符合当时军事斗争形势,非但没有履行参谋长的职责向项英讲明利害关系,还极力迎合项英的错误主张,抵制陈毅的正确观点,以致暴露了红军主力,使红二十四师成为敌人合围的重点对象,造成了革命有生力量的重大损失。1935年2月,中央分局部署被围困在雩都地区的红军部队分九路突围,龚楚与红二十四师第七十一团政委石友生一起率该团9个连1200余人作为一路经油山转战湘南。按照中央分局的统一部署,九路突围部队须同时进行突围,以分散敌人的兵力,使敌人前后不得支援。可是龚楚为了一己私利,在其他部队进行突围时,命令部队在山林中躲藏起来,等到敌人把他突围方向上的防守兵力调去围堵其他红军部队时,他才率部队以最小的伤亡突破了敌人的堵截。在他看来,部队就是他争权的筹码。为

★贺敏学

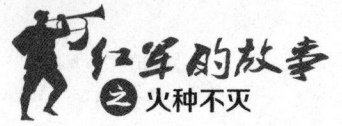

了增加自己的筹码，他完全置大局与同志的生死于不顾，正像他自己所说，"只要我手里有部队，项英就得给我好脸色"。就是这样一个自私自利、贪恋权位的人，在看到红军游击队被敌人"围剿"、损失惨重的情况后，选择了背叛革命，于1935年5月脱离革命队伍，投敌叛变。投敌后的龚楚被广东军阀陈济棠封为"剿共游击司令"，他急于表现一番，于是向陈济棠献媚说："听说蒋委员长悬赏5万大洋捉拿项英、陈毅，我与他们共事多年，了解他们的特点与爱好，我有办法帮陈司令抓住他们。"

项英、陈毅是蒋介石钦点缉拿的"共匪"头目，如果能抓到他们，就可以在蒋介石面前好好表现一番了。陈济棠一听大喜，立马给龚楚配备了一支30多人且装备精良的特务队，要他全权负责捉拿项英和陈毅，捣毁赣粤边游击区的指挥机构。

1935年10月，龚楚将他的特务队伪装成红军游击队，顺着红军当初突围的路向北山搜寻项英、陈毅的踪迹。为了取得山中游击队的信任，隐瞒其真实面目，龚楚与粤军余汉谋部在北山天井洞附近还自编、自导、自演了一场周瑜打黄盖的遭遇战。活动在这一区域的红军游击队不知道龚楚已经叛变，看到有"兄弟部队"与敌人英勇地战斗，他们立马与龚楚率领的"游击队"取得了联系。在得知是龚参谋长后，北山游击大队队长兼政委贺敏学等游击队的干部都过来与龚楚会面。龚楚自吹自擂，说自己按照分局指示突围到湘南后取得了很大战绩，扩大了游击区，这次来就是为了接项英、陈毅等分局领导到湘南领导游击战争，并表示迫切要见到他们。项英、陈毅的行踪十分隐蔽，即便是北山游击队也不知道其具体方位。因此，在龚楚的诱骗下，北山游击队就派交通员带上龚楚的信件，去寻找分局领导机关的驻地，请项英、陈毅到天井洞会面。

接到龚楚来信的项英、陈毅十分高兴，突围到现在已经过去半年了，

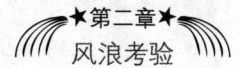

还没有收到任何关于七十一团的消息,他们十分挂念由龚楚率领的向湘南突围的这一路部队。看完信件后,项英很兴奋,迫不及待地计划着去和龚楚会合,但高兴之余,陈毅又觉得情况似乎有些不大对劲。从南昌起义开始,龚楚就一直是陈毅的直接下级,陈毅十分了解他的性格——好大喜功、骄傲自大、贪恋权位。陈毅想:如果说他真的在湘南干出了一片天地,他还不把尾巴翘到天上去呀,今天怎么变得这么谦虚啦,还请我陈毅去"加强领导"。残酷复杂的斗争形势,使得陈毅十分警觉,他建议项英先不要去见龚楚,看看情况再说。

果不其然,久等项英、陈毅不来的龚楚有些按捺不住了,他知道北山游击队的这些人也都不是省油的灯,长时间待在这里,自己的特务队难免露出马脚。其实接触几天之后,贺敏学等北山游击队的指挥员们已经开始怀疑这支队伍。这支队伍装备精良、穿着整齐,完全不像整天钻山沟打游击的游击队,更重要的是龚楚说这是他从湘南带来的游击队员,可是他们发现这些人大部分都是广东口音。龚楚也觉察到了贺敏学等人对他们的怀疑,决定先下手。他没有经过贺敏学同意,直接吩咐中共赣粤边特委机关后方主任何长林("北山事件"时叛变)通知北山游击队干部和中共赣粤边特委后方人员到天井洞开会。

一些接到通知的干部陆续赶到了天井洞,得到消息的贺敏学觉察到情况有些不对,立马赶往会场。此时,特务队已经包围了会场,但龚楚向大家解释说这是布置的警戒。细心的贺敏学一眼就看出了危险,四周担任警戒的"游击队员"一个个手按驳壳枪,双眉紧锁,一副如临大敌的模样,根本不像是保卫会场的,而像刑场上的刽子手。贺敏学刚要向其他干部跑去,提醒大家提高警惕,身后就被两把驳壳枪顶住了腰。身材高大的他转身一把将敌人推倒在地,奋力向山坡跑去。后来,贺敏学虽然身中3枪,

但最后靠滚下山坡成功脱险。听到枪声，周围的特务立马冲进会场，包围了与会的游击队干部。龚楚撕下面具，大言不惭地劝大家投降，跟他一起升官发财。知道中了叛徒的奸计，游击队的干部十分气愤，掏出手枪就向敌人射击，虽然大家都知道这一举动无异于自杀。在敌人优势火力的射击下，大部分人当场牺牲，只有游击队小队长刘矮牯等五六个人带伤冲出了会场。没有冲出会场的何长林被龚楚捕获，贪生怕死的他经不住龚楚的威逼利诱，很快就叛变了。此前，为了适应残酷的斗争环境，项英、陈毅为各游击区制定了严格的《秘密原则》，要求没有直接工作关系绝对禁止发生往来。因此，何长林虽然身为赣粤边特委机关后方主任，也不知道项英、陈毅的具体住处，但这个狡猾的叛徒给龚楚出了一条毒计。他带领龚楚找到了负责给项英、陈毅等分局领导外出采购生活必需品的侦察班班长吴少华，谎称自己带着中央军区的龚参谋长找项英、陈毅汇报工作，要吴少华带路。幸亏机警的吴少华及时识破了叛徒的阴谋，在到达营地时抢先登山，通知哨兵鸣枪示警，听到枪声的项英、陈毅、李乐天、陈丕显等人迅速转移进山里，才使得敌人的阴谋没有得逞。"北山事件"使北山的党组织、游击队遭受重大损失。

除了龚楚，在其他游击区也相继出现了重要领导叛变的情况。在大风暴面前，在党最需要他们的时候，这些人放弃了自己的信仰，背叛了曾经为之奋斗的革命事业。他们不是真的勇士，他们注定难以沉淀进历史的河流中。"千淘万漉虽辛苦，吹尽狂沙始到金。"残酷的斗争形势、恶劣的生活环境如巨浪一般荡涤着整个革命队伍，在荡尽泥沙之后，沉淀下来的注定都是粒粒饱满的金子，是不怕火炼的革命真金。只要有这些真金在，南方的火种就在，红旗就在。

拓展阅读

1936年，赣粤边区出现罕见的大雪封山，游击队粮食断绝，只能摘野果、采野菜、剥竹笋充饥。面对红军游击队的困境，赣南地下党的同志组织群众利用每月初一和十五开禁进山砍柴的机会，把大米藏在挑柴的竹杠中，把食盐溶进棉袄里，设法丢在山上，好供给游击队。陈毅在油山秘密据点吃着从山上"捡"来的大米饭，感慨万千，写下了这首动人的《赣南游击词》：

天将晓，队员醒来早。露侵衣被夏犹寒，树间唧唧鸣知了。满身沾野草。
天将午，饥肠响如鼓。粮食封锁已三月，囊中存米清可数。野菜和水煮。
日落西，集会议兵机。交通晨出无消息，屈指归来已误期。立即就迁居。
夜难行，淫雨苦兼旬。野营已自无篷帐，大树遮身待晓明。几番梦不成。
天放晴，对月设野营。拂拂清风催睡意，森森万树若云屯。梦中念敌情。
休玩笑，耳语声放低。林外难免无敌探，前回咳嗽泄军机。纠偏要心虚。
叹缺粮，三月肉不尝。夏吃杨梅冬剥笋，猎取野猪遍山忙。捉蛇二更长。
满山抄，草木变枯焦。敌人屠杀空前古，人民反抗气更高。再请把兵交。
讲战术，稳坐钓鱼台。敌人找我偏不打，他不防备我偏来。乖乖听安排。
靠人民，支援永不忘。他是重生亲父母，我是斗争好儿郎。革命强中强。
勤学习，落伍实堪悲。此日准备好身手，他年战场获锦归。前进心不灰。
莫怨嗟，稳脚度年华。贼子引狼输禹鼎，大军抗日渡金沙。铁树要开花。

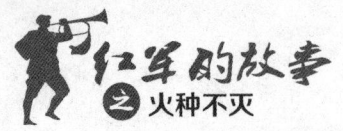

第三章　悲壮抗争

"野火烧不尽，春风吹又生。"历经生死考验而保存下来的游击队顽强地同敌人展开斗争。这一支支有血性、有信仰、有担当的革命力量，犹如一粒粒经历风霜雨雪摧残而生生不息的种子，播撒进人民这块肥沃的土地，只待一声春雷，他们就能冲破束缚，生根、发芽、开枝散叶。

梅岭三章

一

断头今日意如何？创业艰难百战多。

此去泉台招旧部，旌旗十万斩阎罗。

二

南国烽烟正十年，此头须向国门悬。

后死诸君多努力，捷报飞来当纸钱。

三

投身革命即为家，血雨腥风应有涯。

取义成仁今日事，人间遍种自由花。

这是陈毅在1936年冬被国民党军第四十六师围困于梅山，带着伤病在山野密林中辗转多日，虑不得脱时写下的带有绝笔性质的诗篇。虽然身处危难之际，但陈毅在诗中表现出了一个共产党人对革命最忠贞的信念。他的那份革命乐观主义精神和至死不渝的革命豪情是我们中华民族宝贵的精神财富，更是我们中华儿女为实现中华民族的伟大复兴砥砺前行的不竭动力。

★梅岭陈毅《梅岭三章》诗碑

《梅岭三章》

事情的起因还要追溯到1934年的中央苏区第五次反"围剿"。由于第五次反"围剿"的失利，中央红军主力被迫进行战略转移。陈毅因腿上有伤被迫留下，奉命与项英一起领导南方各根据地留守红军坚持武装斗争。红军主力长征以后，为了扑灭革命之火，国民党军对留守红军进行了残酷的"清剿"，斗争形势急转直下。为了保存革命的火种，突围到油山的陈毅、项英等中央分局领导率领赣南游击队，在敌人的重兵围困与"清剿"下，避实击虚，声东击西，取得了奇袭乌径、智取游仙圩、巧夺钨矿山、伏击军火车的胜利，粉碎了敌人搜山烧山、移民并村、封坑、包围"兜剿"等阴谋，使革命的红旗牢牢地插在油山之上。

虽然赣粤边游击区在陈毅、项英的领导下得到了一定的发展，但是自从战士们突围到油山之后，他们就彻底失去了和党中央的联系。两年多来，陈毅和他的战友们就像失去了爹娘的孩子，无时无刻不想早日与党中央取

得联系。可是严峻的斗争形势使他们一直处于敌人的围困、"清剿"之下，不得不成天昼伏夜出，在深山密林中与敌人兜圈子、打游击，既没有电台，也没有报纸，地下交通站也遭到敌人的极大破坏，要想与同样一直处于转战中的党中央取得联系，谈何容易啊。陈毅常常动情地说："和中央断了联系，就像失去了爹娘的孩子，这滋味可不好受呀！"游击区的同志们是多么渴望能听到党中央的声音，接到党中央的指示啊！

1937年4月，项英、陈毅及赣粤边特委的同志相约梅岭斋坑，召开兵运工作会议。会议期间，赣粤边特委设在大庾县城的地下交通站送来了交通员陈海写的一封信，说是中央来人了，要负责人下山接头。这封来信对于时刻盼望与中央取得联系的他们来说，无异于久旱逢甘霖，与会同志都喜出望外，陈毅更是高兴地喃喃自语："及时雨，及时雨啊！"尽管经过仔细分析之后，陈毅与山上的同志都一致认为这封信疑点很多，但为了不错过与中央取得联系的机会，陈毅还是决定亲自去冒一次险。为了不引起敌人的怀疑，陈毅连警卫员都没有带，装扮成教书先生，在熟悉道路的中共梅山区委书记黄占龙的引导下，下梅山直奔陈海家。项英、杨尚奎、陈丕显等则留在梅岭听候消息。

陈毅和黄占龙来到陈海家，见到陈海的老婆正在院子里洗衣服，就问她："陈先生在家吗？"陈海的老婆头也不抬，神气十足地回答："到团部去了。"其实，陈海早已经叛变，并开始在敌人的团部工作了，所谓党中央来人，只不过是敌人诱骗陈毅等人的阴谋。可是，由于陈海的老婆地方口音比较重，他们把"团部"误听成了"糖铺"，更巧的是，赣粤边特委设在大庾县的地下交通站就是一个叫"广启安"的糖铺。就是这样一个小小的乌龙，再次把陈毅推到了死神身边。陈毅在黄占龙的引导下直接奔向糖铺，可是刚一拐弯，就看到一队国民党兵包围了糖铺。他们两个立马转进旁边

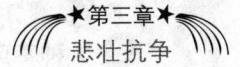

的一条小巷，并在一家人多的茶馆里坐了下来。过了一会儿，一个之前在糖铺做过工的老工人若无其事地走到陈毅面前，悄声说："陈海已经叛变了，你们快走！"听完老工人的话，陈毅给黄占龙使了个眼色，两人迅速离开茶馆，奔向大庾城外的梅山。可是他们刚爬上梅山，就发现对面的山上早已密密麻麻地站满了敌人。原来立功心切的陈海在大庾县城久等不见陈毅、项英，就迫不及待地领着国民党军包围了梅岭，留在梅岭斋坑等候陈毅消息的项英、陈丕显等人，听到哨兵鸣枪示警后，就迅速冲出为开会临时搭建的棚子，隐蔽进一个小山包的茅草丛中。

见此情景，陈毅当机立断，说道："现在不能走了，咱们先找个山坳隐蔽起来。"黄占龙是土生土长的梅山人，山上的一草一木都清晰地刻在他的脑海里。他很快就带着陈毅在半山腰找到了一个隐蔽的小山洞，藏了进去。由于洞口是在一大片杂草里面，十分隐蔽，因此敌人几次从洞口经过都没有发现他们的藏身之处。为了找到陈毅他们，恶毒的敌人开始放火烧山，想把他们活活烧死。大火顺着山上的杂草迅速蔓延开来，熊熊燃烧的大火眼看着就要烧到陈毅他们躲藏的山洞洞口了。

可是就在这个时候，天上突然乌云密布，电闪雷鸣，下起了瓢泼大雨，大雨瞬间就把熊熊燃烧的大火浇灭了，放火的敌人也都被淋得抱头鼠窜。陈毅藏在洞里，看到天公如此作美，打趣地说："这真是托马克思在天之灵啊！"

为了防止敌人杀"回马枪"，陈毅和黄占龙一直在山洞里躲到午夜才趁着夜色摸回棚子。在一起风餐露宿、出生入死3年，陈毅心里十分惦念战友们的安危，他也深知，如果同志们白天没有被敌人"包饺子"，肯定会藏在附近，等待深夜的降临。陈毅与项英等人在斋坑会合后，就迅速连夜辗转30多公里，在斋坑北面的一座山里隐藏了起来。在接下来的5天里，国

民党军第四十六师派出5个营的兵,把小小的梅岭围得水泄不通,并在山上反复搜索,搅得野猪、野鸡满山乱跑。陈毅、项英在被敌人封锁的山上,忍饥挨饿,与敌周旋,每日都面临着生死考验。然而这些老一辈革命家不怕牺牲,在危难的困境中时刻都保持着革命者应有的大无畏精神。陈毅正是在这危机的时刻,写下了脍炙人口、雄浑高亢的《梅岭三章》。5天之后,兴师动众却始终没能发现陈毅、项英及特委领导踪迹的敌人,只得灰头土脸地撤出梅岭。

血染铜钵山

铜钵山位于江西瑞金城西约25公里处,此山巍峨幽邃、雄美壮阔、古松苍翠、茶园遍布,是瑞金人盛夏避暑的胜地。古人有诗盛赞:"铜钵巍峨入云端,不羡山中羽翼仙。勇向高坑激水流,勤桨奋帆石破天。"

80多年前,就是在这风景如画的铜钵山上,闽赣边界的军民不畏强敌、奋死抗争,用鲜血染红了铜钵山。

1935年初,在中央分局和中央军区率留守红军主力红二十四师转移之后,根据中央分局的指示,瑞西特委及其领导的瑞金县委和所属地方部队留在瑞金西边的铜钵山坚持斗争。中共瑞西特委成立于1934年12月,由赖昌祚任书记,负责统一领导瑞

★ 铜钵山今貌

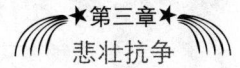

金、瑞西、西江等县的武装斗争。其领导的武装力量主要有瑞西军分区统辖的各县独立营、区、乡游击队和特委直属部队。在三年的游击战争中，与中央分局失去联系的瑞西特委独立自主地领导闽赣边游击区的军民坚持不屈不挠的游击斗争，为中国革命保存革命的火种做出了极大的贡献。

1935年3月，国民党军集中了3个师的绝对优势兵力对瑞西特委所在的铜钵山进行梳篦式的"清剿"，企图彻底扑灭革命火种。没有来得及转移的瑞西特委和部分武装被敌人重重包围在了铜钵山上。面对十几倍于己的敌人优势兵力，正面对抗无异于以卵击石。当务之急，必须马上突围，以保存革命的力量。被敌人围困在山上的武装力量主要有瑞西军分区统辖的瑞金独立营、瑞西特委直属政治保卫队和侦察连、机关干部，共计1000余人。集体突围目标太大，行动不便，而且一旦被敌人咬住，很有可能全军覆没。为了分散敌人力量，特委果断做出决定，将山上的武装力量混编成3个大队，分3路向瑞金南部的安治前突围。

兵力上占绝对优势的敌人，在铜钵山下重重设围，把整座山围得如铁桶一般，红军要想跳出重围，只能凭借自己的血肉之躯猛打硬冲，在敌人的铁壁合围中杀出一条血路。因此，红军游击队每前进一步都要付出巨大的牺牲。由瑞西军分区司令员刘连标、政委杨世珠率领的第一路突围部队开始突围之后，瞬即遭到敌人的围追堵截，被迫转战九堡、黄柏等地。刘连标带领游击队员们勇猛冲杀，好不容易突破了敌人的第一道封锁线，却又陷入了敌人的包围圈，战斗进行得异常惨烈。作为一名久经沙场的红军战士，刘连标心里很清楚，如果不乘着夜色突出包围，等到天亮后敌人以优势兵力强压上来，部队将会损失惨重。他猛地站起来，冲着身边的战友们喊道："同志们，我们已经没有退路了，突围出去就是胜利，冲啊！"他一边呐喊，一边挥舞着大刀冲向敌人的阵地。游击队员们在他的身后也怒

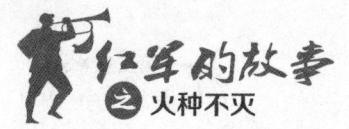

吼着冲向敌人。敌人的机枪吐着火舌，吞噬着这些年轻的生命。勇敢的游击队员们毫不畏惧，愤怒地向着敌人冲锋。经过一夜苦战，部队伤亡惨重，只有不到30人突出包围，军分区司令员刘连标也壮烈牺牲。政委杨世珠带领突围出来的游击队员们向福建转移，后来又辗转抵达瑞金的观音崬。第二路突围部队在瑞金特委书记赖昌祚和少共瑞金特委书记钟德胜的率领下英勇拼杀，在突破敌人的多次堵截之后，仅幸存不到50人突围到目的地安治前。第三路部队在原瑞金独立营营长的带领下也反复遭到敌人的围追堵截，部队损失惨重。1000多人的队伍，突围出铜钵山的只有不到150人。革命者的鲜血染红了铜钵山。得知瑞西特委已经突出重围的敌人，气急败坏地血洗了铜钵山，山上的村庄、房舍无一幸免，全部被敌人烧成了废墟，大批无辜群众惨遭杀害，部分劫后余生的百姓也在国民党军的裹挟下，背井离乡，美丽的铜钵山瞬间变成了荒凉凄苦的无人区。

血洗铜钵山之后，国民党军贼心不死，立即又调集重兵扑向红军游击队的会合地安治前。瑞西特委到达安治前时，中央苏区留守红军分九路突围的其中一路，即由少共中央分局书记李才莲率领的独立第七团一部因遭到敌人堵截，也辗转到达了安治前，与瑞西特委会合。此后，瑞西、西江两县的独立营也都在县委的领导下突出重围，陆续到达安治前。残酷的斗争环境使得每支突围出来的部队都元气大伤，几支部队会合在一起也总共不足300人。面对来势汹汹的敌人，瑞西特委决定避敌锋芒，将部队迅速分两路向瑞金东部的观音崬转移。随后，为了恢复铜钵山山区的革命工作，根据瑞西特委的决定，赖昌祚、李才莲又率部队向铜钵山转移，途中遭到敌人重兵围堵。在突围中，李才莲英勇牺牲。赖昌祚率突围出来的游击队员重返观音崬。在敌人重兵"围剿"瑞西特委的同时，与特委、县委失去联系的各地区、乡游击队也遭到敌人疯狂"剿杀"。面对凶狠残暴的敌人，

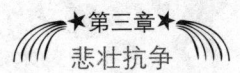

游击队员们在群众的帮助下转入山中与敌人周旋。为了逼迫山上的游击队员们下山投降,国民党军残忍迫害队员们的家属,瑞金武阳区游击队队长刘国兴的母亲和儿子被敌人残忍杀害。面对血海深仇,刘国兴强忍悲痛,带领游击队员们在山中坚持斗争。

"战争的伟力之最深厚的根源,存在于民众之中。"敌人的重兵"清剿"和血腥镇压,虽然使红军游击队遭受重大损失,但是生于民、长于民的红军拥有最深厚的伟力,把他们斩尽杀绝只能是敌人的痴心妄想。"野火烧不尽,春风吹又生。"历经生死考验而保存下来的各游击队在各个山区独立自主地坚持斗争,他们最多的也就三十几人,最少的只有四五个人,但他们没有放弃,依然顽强地与敌人作斗争。这一支支有血性、有信仰、有担当的革命力量,犹如一粒粒经历风霜雨雪摧残而生生不息的种子,播撒进人民这块肥沃的土地,只待一声春雷,他们就能冲破束缚,生根、发芽、开枝散叶。

跟着张鼎丞打游击

红军主力长征之后,在敌人的疯狂"围剿"之下,闽西苏区与中共中央和福建省委彻底失去了联系。为了应对日益残酷的斗争形势,闽西苏区于1935年初成立了闽西军政委员会,并选举张鼎丞任主席,统一领导闽西地区的党政军工作。

张鼎丞,福建永定人。1927年加入中国共产党。先后参加和领导了福建龙岩、永定、上杭等县的农民武装暴动,是闽西革命根据地的主要创

★张鼎丞

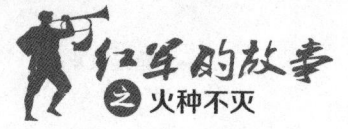

始人之一。1934年初,任福建省苏维埃政府主席的张鼎丞被调到中央政府工作。红军主力长征之后,他接受毛泽东的建议返回闽西,同邓子恢、谭震林等人一起在敌我力量极其悬殊的情况下,领导闽西军民坚持游击战争,共同擎起了南方的一片天。

作为闽西根据地的主要创始人之一,张鼎丞在闽西军民心中具有很高的威望,他也十分熟悉闽西的情况。张鼎丞重返岩永杭地区后,给身处白色恐怖中的闽西群众吃了一颗"定心丸"。他们欢欣鼓舞地奔走相告。返回闽西后,张鼎丞按照毛泽东的指示,马不停蹄地组织开展游击战争的工作。他派人四处打听、寻找主力转移之后留守此地坚持斗争的红八团和红九团,并及时与各地地方党组织、游击队取得联系。1935年3月中旬,张鼎丞以福建省委的名义,主持召开了红八团、红九团及上杭游击大队、永定游击大队的领导干部会议。会上,张鼎丞分析了革命处于低潮时期的残酷斗争形势和闽西独特的斗争优势,并主张立即转变思想,开展游击战争,以保存革命力量。这次会议让处于迷茫中的闽西军民看到了希望,坚定了信念。也就是在这次会议中,由张鼎丞任主席,方方、范乐春、谢育才、罗忠毅等人为委员的闽西军政委员会成立了。此后,闽西军民在闽西军政委员会的领导下开展了卓有成效的斗争:突袭陈东坑,消灭卢坤喜民团,北上龙岩,打乱敌人南进计划。在张鼎丞的领导下,闽西军民英勇斗争,沉重打击了国民党反动派的嚣张气焰,使闽西游击根据地日益巩固。

1935年4月上旬,陈潭秋、邓子恢、谭震林率领留守中央苏区的红二十四师的4个连历经千辛万苦来到永定,与张鼎丞会合。随后,在中央分局委员陈潭秋的主持下,闽西南地区的党、政、军领导干部在永定赤寨村召开联席会议,商讨研究今后的斗争方针。在会议中,张鼎丞紧贴斗争实际和当前形势,力主放弃原先提出的"牵制敌人、保卫苏区"这一早已

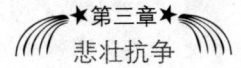

不合时宜的口号，主张应立刻分散主力，保存有生力量，坚持游击斗争，蛰伏待机。在张鼎丞等人的努力下，这次会议确立了"开展广泛的、灵活的、群众性的、胜利的游击战争，在军事上粉碎敌人的'围剿'，保存有生力量，锻炼现有部队；在政治上保持党的旗帜，保持党与群众的密切联系；在组织上保持党的纯洁性、战斗性"的基本方针和任务，为闽西南地区的游击斗争指明了方向。为进一步加强两路红军会合之后的统一领导，这次会议还决定在原有闽西军政委员会的基础上成立闽西南军政委员会，仍由张鼎丞任主席，邓子恢任民运兼财政部长，谭震林任军事部长，方方任政治部主任。同时，成立了永定、永东、杭代（上杭、代英）、龙岩、新长（新泉、长汀）5个县委和4个作战分区。至此，闽西游击区的军民形成了一个坚强的领导集体。在闽西南军政委员会的领导下，闽西游击区军民在克服了重重难以形容的困难，全面开展游击战争，英勇顽强地投入艰苦卓绝的反"清剿"斗争中。

从1935年初到1937年初的两年时间里，国民党反动派先后对闽西游击根据地进行了5次大规模的残酷"清剿"。在闽西南军政委员会的正确领导下，闽西红军游击队紧紧地依靠人民群众，在敌强我弱、缺弹少粮的情况下，开展灵活机动的游击战争。游击队利用熟悉地形的优势，牵着敌人的鼻子在根据地里兜圈子，使敌人疲于奔命。在张鼎丞的指导下，游击队灵活巧妙地运用毛泽东总结的"敌进我退，敌驻我扰，敌疲我打，敌退我追"游击战十六字方针，神出鬼没，声东击西，使敌人疲惫不堪。在闽西群众的全力支持和配合下，闽西南军政委员会领导闽西的红军游击队粉碎了敌人的5次重兵"清剿"，先后取得了白土战斗、东坑战斗、岩山头战斗、马池塘战斗、溪口镇战斗、夜袭草鞋岭战斗等多次武装斗争的胜利，给敌人以沉重打击，极大地鼓舞了根据地军民坚持斗争的信心，同时也使

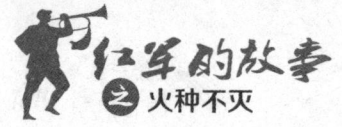

闽西南游击根据地得到较大发展。截至1937年3月,张鼎丞、邓子恢、谭震林等人领导闽西红军游击队坚决贯彻游击战的战略战术,不仅粉碎了敌人对游击根据地的"清剿",也使游击队武装由最初的400多人发展到3200多人。同时,地方党组织也得到较大发展,地方县委由最初的4个发展到8个,各地区委更是增至56个,400余个基层党支部也相继成立。闽西南游击区的发展,为我党保存了一大批有生力量,为中国革命做出了不可磨灭的贡献。

英勇的红三团

红三团是闽粤边红军游击队的主力,在三年的游击战争中,红三团在中共闽粤边特委的领导下,坚守在福建、广东交界的山区进行武装斗争。红三团的指战员抱着革命必胜的信念,在极端艰苦的斗争环境中,历经风霜,以钢铁般的意志和英勇顽强的战斗精神在逆境中抗争,浴血奋战,取得了累累战果,为闽粤边区的游击斗争添上了浓墨重彩的一笔。

红三团成立于1932年5月,全称是中国工农红军闽南独立第三团,其前身是王占春、邓子恢等人创立的闽南红军游击队。在粉碎敌人对中央苏区的第三次"围剿"后,毛泽东、聂荣臻等人率领中央红军一部进占福建漳州。为促进当地革命形势的发展,毛泽东调拨大批干部、武器装备充实闽南游击队,相继成立了5个游击大队。1932年5月,闽南游击队下辖的5个游击大队统一整编为闽南独立第三团,由冯翼飞任团长,王占春任党代表。红三团成立后,坚持打土豪、分田地,极大地巩固和发展了闽南革命根据地。

1934年初,为牵制国民党东线兵力,策应中央苏区的第五次反"围

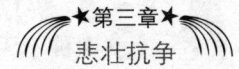

剿",由黄会聪任书记的中共闽粤边特委成立了,统一领导闽粤边区的武装斗争。边区特委成立时,下辖的武装力量只有闽南独立第三团和福建潮澄饶、饶和埔县委领导的部分地方游击队。作为闽粤边区的唯一一支正规红军武装,红三团无疑是闽粤边区武装斗争的中坚力量,更是闽粤边特委领导下的一只"铁拳头"。1934年8月,遵照特委指示,为打通各游击区的联系,红三团兵分两路,分别向东南沿海和广东方向进发。进军路上,红三团每到一地就积极放手发动群众,开展打土豪、分田地工作,同时利用有利条件,干净利落地袭击国民党地方武装,并在饶平地区开辟了两块新的游击区,为闽粤边游击战争的发展打下了良好的基础。1934年9月,国民党福建当局调集500多人进犯闽粤边区,企图一举歼灭闽粤边特委机关。红三团在地方游击队的配合下,在特委驻地福建平和的埔尖山设伏,一举粉碎了敌人的突袭,打死打伤敌人100多人,活捉80余人,缴获各类枪支150多支和大量军用物资。之后,红三团又接连打了几次胜仗,使当地的国民党地方武装对红三团闻风丧胆。

  1935年初,被红三团搅得坐立不安的国民党当局抽调中央军和粤军各一个师的正规部队,加上福建保安司令部的地方武装共计1.2万多人对闽粤边游击区和红三团实施全面"清剿"。面对数倍于己的骄横之敌,红三团指战员不怕牺牲、英勇战斗,为粉碎敌人的"清剿",保卫特委机关和人民群众立下了不朽功勋。

  1934年农历除夕夜前夕,在叛徒的带领下,敌人以2个团的兵力包围了闽粤边特委驻地平和县车本村。在这千钧一发之际,红三团第四连在团长张长水的指挥下,迅速抢占有利地形,层层阻击敌人,硬是用1个连的兵力拖住了敌人2个团正规军的进攻,用自己的血肉之躯,为包围圈中的特委机关、红军伤病员、红军家属及群众转移赢得了时间。在敌人的重重

红军的故事 之 火种不灭

★ 车本村

封锁和疯狂"清剿"下,为了应对残酷的斗争形势,保存有生力量,红三团化整为零,转入深山中与敌人周旋。深冬时节,天寒地冻,被敌人包围在大山之中的红三团缺衣少粮,面临着前所未有的危机。红军指战员们趴冰卧雪、吃野菜、啃山果,但他们始终没有放弃战斗。心中的那份对于革命的忠诚与信念,犹如一缕暖阳始终温暖着他们,让他们有信心、有毅力战斗到底。1935年春,根据特委"依靠人民群众,冲出封锁线,开展游击战争"的斗争方针,红三团果断出击,迅速冲出敌人的包围圈,并在乌山重创敌人。随后红三团一分为四:除第四连留守乌山与当地红军游击队合并,成立闽粤支队(后被整编为闽粤边区独立营,直属闽粤边特委领导)坚持游击斗争,另外三路则从不同的方向向外线出击,变"内线作战"为"外线作战",在运动中寻找敌人薄弱环节,伺机打击敌人。同年6月,执行外线出击任务的红三团一路向活动在龙岩附近的闽西红九团移动,并在大坪山与红九团顺利会师,胜利完成了打通与闽西南游击区联系的艰巨任务。

从1935年夏季开始,红三团根据特委的统一部署,继续贯彻外线破敌的方针,大力开展游击战争,发展游击区,先后开辟和建立了乌山根据地及大芹山游击根据地。随后又采取避实击虚的战术,避开国民党中央军第八十师的围追堵截,集中优势力量打击平和县大溪坪一带的国民党地方武装,开辟了白叶楼、大坑尾、大溪坪等一大片新区,使乌山根据地与靖和浦边区根据地连成了一片。1936年6月,"两广事变"发生后,出于反日、

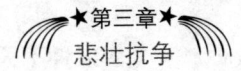

反蒋的革命斗争形势的需要,红三团被闽粤边特委改编为中国人民红军闽南抗日支队第三支队。仍由张长水任支队长,何鸣任政委。改编之后,第三支队在特委的领导下继续坚持游击斗争。在抗击敌人于1936年10月开始的对闽粤边游击区的第三次"清剿"中,第三支队采取灵活的战术,给敌人以沉重打击,并发展了后井、院前、徐坑等游击根据地。但是第三支队自身也遭受重大损失,支队长张长水在白泉村战斗中牺牲,部队也减员严重。

在三年游击战争中,红三团与闽粤边区的群众同仇敌忾,坚持斗争,先后抗击了国民党6个正规师和福建、广东两省的国民党地方武装的几百次军事进攻。在强敌面前,红三团全体指战员用自己的鲜血巩固和发展了闽粤边游击根据地,使鲜艳的红旗始终飘扬在闽粤边区广阔的土地上。他们的英勇抗争是中国革命史上永远都无法磨灭的鲜红记忆。

齐聚鄣公山

鄣公山坐落于安徽与江西两省交界的江西省上饶市婺源县境内。1936年春,中共闽浙赣省委所属的赣东北、泾旌宁宣、贵秋东等各地游击队相继撤离原游击区,齐聚鄣公山游击根据地,并在此召开扩大会议。会议决定改中共闽浙赣省委为皖浙赣省委,统一领导以鄣公山为中心的赣东北、皖赣、浙皖、上浙皖、下浙皖5个游击区。

1935年初,由刘畴西、方志敏率领的红十军团在浙赣边界的怀玉山陷入敌人的重重包围,遭遇重大失败。除粟裕、刘英带领800余人先期离开怀玉山外,其余将士大多血染怀玉山,刘畴西、方志敏被俘后,也相继英勇就义。红十军团的失败,对闽浙赣苏区原本就十分严峻的形势来说,无

疑是雪上加霜。在险恶的局势面前，闽浙赣省委审时度势，迅速改变斗争方式，由正规战争转向游击战争，要求各分散的游击区和红军游击队要在当地党组织的领导下，独立自主地开展游击战争。在这一思想的指导下，闽浙赣省委领导下的赣东北、皖赣边都相继打开了游击战争的新局面，但皖南游击区的游击战争进展是一波三折。早在1934年冬，方志敏率红十军团在皖南特委驻地太平县休整时，就明确指示皖南特委要根据形势的变化及时开展游击战争，并抽调红十军团侦察营充实皖南独立团，命令其在皖南特委的领导下，巩固和发展以黄山为中心的太平游击区。1935年春，皖南特委机关因叛徒出卖被严重破坏。失去特委领导的独立团在团长熊刚和政委刘毓标的率领下转战赣东北，并在此找到了闽浙赣省委。在省委书记关英的指示下，独立团于1935年4月重返皖南开展独立自主的游击战争。然而此时，皖南的太平游击区在敌人2个正规师和大批地方"保安团"的疯狂"进剿"下早已面目全非，当地的党组织和进步群众均遭到敌人的残酷迫害。不断恶化的斗争环境让独立团难以在皖南立足。在这种情况下，刘毓标、熊刚率领独立团转入婺源与休宁边境的鄣公山活动，并在此大力发展地方党组织，发动群众惩治土豪劣绅，建立群众组织，开展革命运动，打击反动武装，逐步建立起了以鄣公山为中心的新的游击区。

1935年7月中旬，国民党调集重兵对闽浙赣省委所在的赣东北游击区进行梳篦式"搜剿"。在敌人的大肆"搜剿"下，赣东北的党组织和红军游击队均遭受较大的损失。敌变我变，针对形势的变化，闽浙赣省委决定将省委的活动中心转向皖南。在留下余金德等一部分人组建赣东北特委坚持赣东北斗争的同时，省委书记关英率领省委机关向皖南转移，在鄣公山与皖南独立团会合。根据皖南的最新斗争形势，关英最终决定将闽浙赣省委机关设在鄣公山。关英的这一决定为以后省委统一领导的皖浙赣边游击战

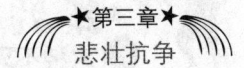

争铺垫了一块基石，为皖浙赣游击区的蓬勃发展打下了坚实的基础。为进一步巩固和发展郭公山游击区，闽浙赣省委立即派人与赣东北、皖南等游击区取得联系，并充分利用敌人将主力调往浙南与闽北"清剿"浙西南挺进师而闽浙赣边兵力空虚的有利时机，指示各地党组织和游击队积极向外发展，打击国民党地方顽固势力，扩大红军影响力，开辟新的游击根据地。截至1936年4月，在闽浙赣省委的正确领导下，郭公山游击区仅用了半年多的时间就从最初的几个村庄发展到地跨皖、浙、赣3省10余个县的游击根据地。

就在郭公山游击区取得较大发展的同时，赣东北、泾旌宁宣、贵秋东等游击区的形势却日益恶化。随着敌人的"清剿"，这些游击区的党组织被严重破坏，红军游击队面临被敌人分割、"剿灭"的危险境地。为保存革命力量，各游击区的红军游击队纷纷撤离本游击区，几经辗转后，相继于1936年春汇集到郭公山游击根据地。各路游击队齐聚郭公山，进一步壮大了郭公山游击根据地的实力。关英敏锐地觉察到，这也许是推动闽浙赣游击区斗争形势好转的一个契机，为此他决定召开闽浙赣省委扩大会议，以总结各地游击斗争的经验，统一各游击区领导人的思想。这次会议确立了"大力进行抗日宣传，积极发动和组织群众，发展党的秘密组织，为巩固和扩大以郭公山为中心的皖浙赣边游击根据地而斗争"的游击战争总方针。会议还根据游击区的实际情况，及时调整斗争策略：对土豪劣绅由原来的一律消灭改为以罚款为主，对保甲长由武力镇压改为争取利用，对城市商人则保护其在山区进行正常的生意往来。随着斗争形势的不断发展，省委领导与斗争中心已由闽浙赣边转移到皖浙赣边，因此这次会议审时度势决定将原闽浙赣省委改称为皖浙赣省委，并以皖南独立团为基干力量，成立了直属省委领导的皖浙赣独立团。同时将皖浙赣边游击根据地的党组织划

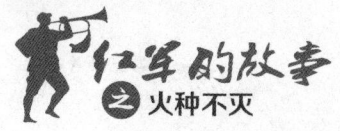

★ 中共闽浙赣省委机关旧址

分为赣东北、皖赣、上浙皖、开婺休（后为浙皖）、下浙皖5个特委，独立自主地领导本地的游击战争。

　　郭公山会议的召开是皖浙赣边游击战争的重要转折点，从此结束了各游击区相互隔绝、各自为战的局面，实现了皖浙赣省委的统一领导。这次会议所制定的正确的斗争方针和策略极大地促进了以郭公山为中心的皖浙赣边游击区的蓬勃发展，使皖浙赣边界的游击战争迎来了一个全盛时期。会议之后，新成立的皖浙赣独立团在省委的集中领导下，贯彻执行郭公山会议精神，在皖南、浙西北一带机动游击，捕捉战机，出其不意、攻其不备，相继取得了月岭伏击战、平鼻岭伏击战、奇袭昌化城等战斗的胜利。与此同时，各游击区特委按照省委指示，大力发动群众，开展游击战争，建立党组织，扩大游击区范围。到1936年底，以郭公山为中心的皖浙赣边游击根据地已涵盖皖、浙、赣3省近40个县，相继成立30多个县委及直属区委，拥有40多支游击队，总人员超过了3500人。

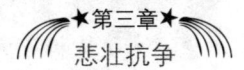

血战浙西南

浙西南，是指浙江省西南部。在南方三年游击战争中，浙西南是浙南游击区的中心地区。说到浙南游击区，我们就不能不提中国工农红军挺进师。挺进师是何方神圣？它与浙南游击区又有着怎样的关联？下面就让我们一起重回那段烽火峥嵘的岁月。

首先，我们先回顾一下中国工农红军挺进师的"前世今生"。红十军团主力于1935年1月在江西德兴陷入敌人包围，陨落怀玉山时，军团参谋长粟裕、政治部主任刘英率领800余人突出重围。这支突围队就是挺进师的前身。1935年2月，粟裕、刘英率领红十军团突围部队到达闽浙赣根据地。而后，根据中央指示精神，以红十军团突围部队为基础，以闽浙赣省委领导下的独立师100余人为补充，组建中国工农红军挺进师，由粟裕任师长、刘英任政治委员。这就是挺进师的由来。

接下来，就让我们一起重温挺进师与浙南游击区的"旷世情缘"。根据中央指示，挺进师成立后的基本任务就是挺进国民党统治的心腹地区——浙江境内，开展广泛的游击战争，创建新的苏维埃根据地；以积极的作战行动，调动和牵制敌人，以保卫闽浙赣地区和临近的根据地，并从战略上配合主力红军的行动。浙江是国民党统治的核心区域，更是大地主、大财阀较为聚集的地方，反动势力极其强大，要想在浙江立足，谈何容易。挺进师充分吸取北上抗日先遣队未能在浙江立脚生根的教训，选择在敌人统

★刘英

治力量相对薄弱、群众基础相对较好的浙西南地区建立游击区。

1935年2月27日下午，挺进师正式誓师南进。挺进师虽然号称一个师，但其实人员编制还不足一个团，所有人员加起来不足600人，枪支、弹药也少得可怜，但是浴火重生的挺进师指战员们抱定开创新根据地的坚强信念，英勇地踏上征途。挺进师翻山越岭，昼伏夜出，以迅雷不及掩耳之势快速穿过了敌人多道封锁线，于28日顺利渡过信江，到达闽赣边境，随后进入闽北，在遭受敌人的多次袭击之后，于3月中旬在崇安县与闽北红军第三团会合。两支队伍合兵一处后，挺进师成立了以刘英为书记的政治委员会，以加强统一领导。而后，挺进师继续向浙西南进发，并最终于3月23日翻越闽浙赣边界的仙霞岭进入浙西南地区。进入浙西南地区之后，挺进师迅速展开斗争，沉重打击了当地的反动势力和地主武装，使浙西南地区的地方反动势力惶惶不可终日。4月中下旬，敌人纠集了2000余人的地方武装企图一举"围歼"挺进师，双方在浙西南的斋郎山区展开激战。在人数上处于绝对劣势的挺进师，却凭借着英勇无畏的战斗作风和当地群众的支持，采取武力打击与政治争取相结合的策略，干净利落地解决了这群乌合之众，赢得了斋郎战斗的胜利。5月上旬，挺进师在浙江云和召开政治委员会全体会议，确立了分兵发动群众、开创以仙霞岭为中心的浙西南游击根据地的行动方针。会后，粟裕、刘英率领挺进师主力深入浙西南腹地，打击土豪劣绅及地主武装，广泛地发动群众，推动游击根据地的建设，并在各县区相继成立地方游击队。截至同年9月，挺进师开辟了一个纵横100多公里，涉及龙泉、松阳等5个县的浙西南游击根据地。在随后长达三年的游击战争中，挺进师以浙西南游击根据地为中心，逐步开辟和发展了浙西南游击区。这就是挺进师与浙西南游击区的"缘分"。

作为浙西南游击区的缔造者，在革命处于低潮的时候，挺进师在粟裕、

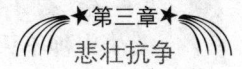

刘英的率领下，却在国民党统治的核心地区开辟出新的红色根据地，其历史功绩值得我们永远铭记。

浙西南游击根据地的建立，无疑是在蒋介石的后院点起了红色的火种。这让蒋介石如坐针毡。1935年8月，蒋介石专门召开军事会议，商讨如何"围剿"刘、粟部队。会上，蒋介石怒斥时任浙江省主席的黄绍竑，指责他麾下的各地"保安团"无能，并决定成立"闽赣浙皖四省边区剿匪总指挥部"，由卫立煌和罗卓英分别担任正、副总指挥。卫立煌是蒋介石的"五虎将"之一，而罗卓英则是国民党军五大主力之一的第十八军军长。蒋介石不惜动用此二人，足见其对这次"围剿"是势在必得，也预示着年轻的浙西南游击区和挺进师官兵将面临一场血与火、生与死的考验。

国民党"闽赣浙皖四省边区剿匪总指挥部"制订的"第一期清剿计划"就把矛头直指挺进师，决定让罗卓英统一指挥福建、浙江、安徽、江西4省边区63个团的正规军中的一大半，重点"清剿"挺进师开辟的浙西南游击根据地。罗卓英调集国民党正规军32个团和近40个团的地方武装，总计约10万人，在浙西南游击区的外围修筑碉堡、工事，构筑了2道封锁线，如铁桶一般死死地禁锢住浙西南根据地。随后，国民党军又从北面、东北、东南、南面、西南、西北6个方向同时"进剿"浙西南游击根据地。山雨欲来风满楼，一场血战已不可避免。面对数十倍于己的精锐敌人的"围剿"，挺进师仅凭一师之力要想抵御敌人的进犯，无异于以卵击石。考虑到严峻的斗争形势，粟裕、刘英决定挺进师除留下第二、第五纵队在浙西南根据地坚持斗争外，主力迅速跳出敌人的包围圈，执行外线作战，吸引敌人，以减轻敌人对浙西南游击根据地的"清剿"力度，并伺机开辟新的游击根据地。

1935年9月下旬，挺进师主力在粟裕、刘英的率领下，从敌人2个师

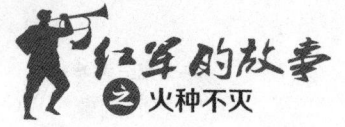

的结合部成功突破了敌人的封锁线,进入浙闽边境。但狡猾的敌人并没有因此减轻对浙西南游击根据地的"清剿"力度,只是派出一小部分兵力追击跳出包围圈的挺进师主力。这样一来,通过跳到外线吸引敌人,以减轻浙西南游击根据地压力的目标就无法达成。在敌人重兵的"清剿"之下,坚守根据地的第二、第五纵队在以黄富武为首的浙西南特委的领导下,与敌人展开了殊死搏斗。敌人以营为单位编成上百个"搜剿队",在地主武装的配合下,日夜不停地在根据地来回"清剿",大肆搜捕、残杀革命群众和红军伤病员。留守的挺进师指战员克服疲惫,发扬连续作战的作风,利用有利地形,凭险拒守,阻击来犯之敌,使敌人付出了惨重的代价。漫山遍野的枪炮声此起彼伏,昼夜不停。每时每刻都

★黄富武

有红军战士在战斗中牺牲,部队减员严重,支队缩编成大队,大队又缩编成小队,支队长牺牲了,连长接替指挥,连长牺牲了,班排长又勇敢地站了出来。在人民群众的掩护和支持下,留守的挺进师指战员丝毫没有停止过战斗,他们从血泊中抬起战友的遗体,拿起战友的枪弹,拭干身上的血迹,继续前进。中枪了,倒地了,只要一息尚存,他们就坚强地爬起来,拿起枪把愤怒的子弹射向敌人。战斗持续到11月初,第二、第五纵队的指战员大部分牺牲,包括特委负责人黄富武在内的主要领导干部全部壮烈牺牲。战斗结束后,第二、第五纵队只剩下曾友席、余龙贵等9人,他们自发地组织起来,克服困难继续在大山中与敌人周旋,坚持斗争,终于在几个月后与打回来的主力部队会师。

浙西南血战显示出红军战士不怕牺牲、英勇顽强的战斗精神和对革命

的无限忠诚。在血与火的考验面前，他们选择了用自己的鲜血和生命去诠释革命战士的拳拳赤子之心，选择了用勇敢的抗争对残暴的敌人说"不"。浙西南革命军民在这场斗争中的浴血坚持和拼死抗争，将永远在中国革命史册中熠熠生辉。

战旗折戟武夷

南方三年游击战争时期，在闽北游击区有着一位传奇式的英雄人物，他就是闽北红军独立师师长黄立贵。在艰苦卓绝的游击战争中，作为闽北军事斗争主要领导人的他，审时度势、力挽狂澜，骁勇善战、威震敌胆，铁心向党、视死如归。他就像一面猎猎飘扬的战旗，始终屹立在闽北大地上，引领着闽北革命军民在残酷的斗争环境中与敌人进行不屈不挠的斗争。下面就让我们一起来认识一下这位传奇人物，重温他的风采。

★黄立贵

1935年2月2日，对崇安长涧源这个偏僻的小山村来说，是个值得永远纪念的日子。这个被群山环抱、曲径通幽的寂静山村，从来都没有像今天这么热闹过。山坡上、村子里、大树下，一排排、一片片的都是整齐的队伍，孩子们高兴地在队伍中跑进跑出，村民们站在自家的门口观望。这就是闽北红军独立师重新组建的誓师大会现场。闽北红军独立师早在1932年就成立了，其前身就是黄立贵领导的闽北红军独立团。1933年5月，为组建红七军团，根据中央指示，闽北红军独立师被整编为红七军团第五十八团。为重新整合闽北的红军力量，集中兵力打

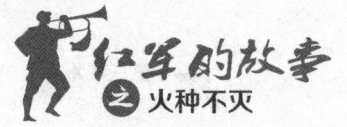

到外线去消灭敌人,闽北分区区委决定重新组建闽北红军独立师。

就在闽北分区区委书记黄道宣读完重组后的独立师干部名单之后,一个头戴红星八角军帽,身穿灰色军装,腰带紧束,绑腿紧扎,左肩挎一支手枪,右肩背一个小皮包,皮肤黝黑,高大魁梧的汉子走上主席台,他用一双炯炯有神的眼睛巡视着会场上的每一个人。突然,他顺势从台下拎起一挺马克沁机关枪,一边把它向上举起,一边高喊道:"高个子在哪里?出来给大家亮个相。"这个人就是闽北独立师的师长黄立贵,他正在给战士们做动员。而他口中的"高个子"是独立师一名普普通通的战士,就在独立师成立的前一天,这名战士独自一人赤手空拳地从一个班的敌人的眼皮子底下,缴获了一挺机关枪。黄立贵很严肃地说:"有些同志在山上转久了,看不到大部队,就不相信自己的力量了,说国民党厉害。敌人有什么了不起呢?一个班连一挺机枪都看不住,有啥厉害的!我们独立师成立了,队伍壮大了,就是要去主动打击敌人。"他号召大家向"高个子"学习,增强胜利的信心。听了他的动员,台下爆发出雷鸣般的掌声,大家齐声高呼着"向高个子学习""消灭国民党反动派"的口号。

会后,独立师兵分 3 路,开始向外线活动,寻机打击敌人,开辟新的根据地。黄立贵与师政治部主任曾镜冰率第一、第三团出分水关到抚东一带活动。1935 年农历元宵节前夕,黄立贵率部向铅山县的陈坊进军。敌人在此修筑了大量的碉堡,驻扎了重兵。面对敌人的重兵,黄立贵决定敲打敲打敌人再走。他组织精干力量,以舞龙灯为掩护,悄悄接近敌人一个连的驻地,并神不知鬼不觉地消灭了这个连,然后迅速撤离。这一仗红军无一人牺牲,缴获步枪 60 多支,还缴获了 1 挺机枪。在行军途中,黄立贵率领独立师官兵翻高山、越溪涧、涉险滩。通过险要地方的时候,他总是不顾身边人员的劝阻,大步走在队伍的最前边;通过隘口时,他又总是像雕

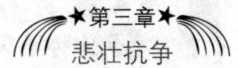

塑一样挺立在高处，如鹰一般警觉地观察着四周，待部队全都通过险境之后，他才走下来跟上队伍。3月中旬，黄立贵率领的部队在铅山与崇安交界的篁村被敌人2000多人围困在一条两面都是绝壁的峡谷之中，前有堵截，后有追兵，形势万分紧急。狭路相逢勇者胜！黄立贵拿起一挺机枪，大声喊道："同志们，冲出去就是胜利，跟我来！"他怒目圆睁地端着机枪冲在队伍最前面，高喊着："我黄立贵来了！不要命的挡着路，要命的给我让开！"子弹如雨点般密集地射向敌人。独立师指战员跟着自己的师长，发出震耳欲聋的怒吼声，如山洪一般冲向堵截的敌人。山口的敌人被眼前的情景吓傻了，纷纷拔腿就跑。

　　闽北三年游击战争开始后，敌人搞移民并村，施行保甲制，运用碉堡战术，对游击区进行层层封锁，妄图彻底困死红军游击队。部队进入崇安桐木关一带的老根据地时，由于敌人对这里进行了长期的"围剿"和封锁，粮食极度短缺，独立师官兵常常以野菜充饥。有一次，黄立贵和大家一起吃野菜时，风趣地对大家说："同志们，我们今天吃野菜，味道不如大米饭，的确很难吃，但是眼睛要看得远一些！吃了野菜狠狠地打击敌人，将来我们会天天吃大米饭。到那时，想吃野菜也吃不到，还是今天趁热多吃几碗吧！"战士们被师长的话逗得哈哈大笑。"眼睛要看得远一些"这句话也渐渐地成了黄立贵的口头禅。每逢遇到苦难，他就用这句话鼓励大家。每当部队找到粮食时，黄立贵宁可自己饿肚子，也要让战士们先吃。黄立贵严于律己的作风和关心爱护战友的高尚品质，让他在独立师官兵心中有着崇高的人格魅力，也赢得了所有指战员的尊敬。

　　在闽北的游击战争中，红军的对手不仅是国民党的正规部队，还有一些被地主豪绅收买利用的会道组织，例如九仙会、大刀会。这些组织的首领用封建迷信的思想欺骗、麻痹百姓为其服务，同时用金钱笼络地痞流氓

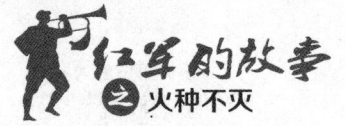

作为其组织骨干。这些会首表面上吃斋信佛,背地里却心狠手辣,为了金钱无恶不作。在地主豪绅的收买下,他们屡屡伏击红军游击队,对被俘的红军战士更是百般迫害,手段极其残忍。为了对付红军游击队,这些会首给会徒们服用一种叫作"朱砂"的药物(这种药物能够刺激人的神经,起到兴奋的作用),欺骗会徒这是神丹妙药,吃了它就能刀枪不入。同时,他们让会徒身穿贴满符咒的衣服,手持大刀、梭镖一排排地冲向红军战士。由于这些会徒大都是受蒙蔽的百姓,红军战士不忍心向他们开枪射击,见到他们只好撤退,避免发生流血事件,这就更加助长了这些会道组织的嚣张气焰。如何才能消灭这些邪恶势力,又不伤害那些受蒙蔽的无辜群众,成了困扰红军游击队的一大难题。黄立贵了解到这一情况后,命令战士们用新砍来的毛竹做成长长的竹叉,经暴晒后放在火上烧热,再浸在盐水里,然后再烧再浸,最后放在露水里打一打。这样一来,竹叉变得坚硬无比。他命令拿竹叉的战士埋伏在水田旁的树林里,同时让一部分战士边战边退,把那些被药物刺激得异常兴奋,高喊着"刀枪不入"的大刀会会徒们引到水田边。然后,他一声令下,埋伏在四周的拿竹叉的战士们蜂拥而出,用竹叉把会徒们赶下水田。战士们相互配合,又用竹叉把这些会徒纷纷按进水里。这些被打倒的会徒从泥水里爬起来时,好像一下子就清醒了。原来,这些会徒们服用的朱砂,一旦经过凉水的刺激药效就会减轻。黄师长正是看准这一点,才让战士们把这些会徒弄到水田里。清醒之后的众会徒面对全副武装的红军战士,你看看我,我看看你,都不敢挥刀进攻了。那些妖言惑众的大刀会骨干看到这种情况,便又开始用迷信的言语鼓动会徒。但他们明白,这世上根本就没有什么药能让人刀枪不入,因此他们一边教唆会徒们向前冲,一边自己却向人群中间躲去。可是,黄师长提前早已安排好了几个枪法好的战士隐蔽在周围。只见他手一挥,随着几声枪响,那些

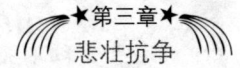

躲在人群中手拿符咒，不断教唆会徒的会首、骨干纷纷应声倒地。大刀会"刀枪不入"的谎言被彻底打破，那些受蒙蔽的会徒们纷纷放弃了抵抗。

在三年游击战争岁月里，黄立贵率领独立师指战员与敌人进行了大大小小1000余次战斗，20多次带领队伍从敌人的包围中突出重围，先后多次带领游击队员们保护闽北分区区委等党组织及闽北游击区负责人、分区区委书记黄道，使其转危为安。在闽北游击区，他就像一面战旗，哪里有战斗，哪里有危险，哪里有苦难，他就飘扬在哪里。然而就是这样一位为中国革命立下赫赫战功的英雄，在即将踏上抗日救国新征途的前夕惨死在蒋介石的屠刀下，折戟在了武夷山。

1937年5月，在得知西安事变的消息后，黄立贵以敏锐的洞察力预感到国内形势将会发生大的变化。他决定带队伍去建阳寻找省委和黄道书记。不幸的是队伍刚从顺昌出发不久就被敌人盯上了，国民党反动派立马调集重兵对其围追堵截。面对敌人的围堵，黄立贵当机立断，决定将游击队以班排为单位进行分散活动。7月13日凌晨，黄立贵率领40余人在离邵武城不远的渡头村附近涉水过河，却被伪甲长杨玉发发现。为了邀功请赏，他立马跑去邵武城向敌人通风报信。在杨玉发的引导下，敌人第七十六师的1个连和地方"保安团"的1个中队，总计700余人迅速追击而来，并在临近中午时分发现并包围了正在洒溪桥北梧桐际山厂里休息的黄立贵等红军指战员。面对突如其来的危机，黄立贵镇定自若，他一边拿起驳壳枪向门外的敌人射击，一边命令红军战士们带上厂里的老乡从后门向山上冲。可是没有一个人动，战士们心里想的是他们尊敬的师长。他们恳求黄立贵："师长，您先走吧，我们掩护您。"眼看着敌人就要冲进屋子了，黄立贵万分着急，他严厉地命令战士们突围。在最紧急的关头，作为指挥员的黄立贵，把生的希望留给了战友。看着身边的年轻战士突围出去之后，他的心

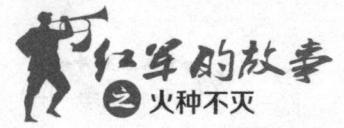

似乎轻松了许多。突然之间,漫天的手榴弹呼啸着向他飞来。原来,恶毒的敌人在多次进攻都冲不进屋子的情况下,决定用手榴弹炸死黄立贵。霎时间,硝烟弥漫,弹片横飞。黄立贵身上多处被弹片划伤,衣服也被爆炸的火焰烧着了,即使这样,他仍然拿起枪坚持把最后一颗子弹射向敌人,直到自己因失血过多而倒在血泊中。残暴的敌人冲进屋后,用刺刀割下了英雄的头颅,叫嚷着去领赏。

这一刻大山沉默了,它默默地注视着一面战旗的倒下。年仅33岁的黄立贵带着对中国革命的赤胆忠心,为他为之奋斗一生的事业献出了年轻的生命。

针锋相对

俗话说,"魔高一尺,道高一丈"。在三年游击战争中,闽东红军游击队在闽东特委的领导下,除了在军事上开展灵活的游击斗争、反击敌人的"清剿"外,还在政治、经济领域探索出一套行之有效的斗争策略,与敌人展开针锋相对的斗争。

首先,在政治上,针对国民党反动派推行的恶毒的联保连坐保甲制度,闽东游击区实行革命的"两面派"斗争策略。起初,为了打破敌人的政治封锁,红军游击队对那些伪保长、伪联保主任采用的是彻底打击策略。然而,随着斗争形势的发展,闽东特委认识到对国民党的这些农村基层政权进行一棒子打死的做法是错误的,必须采取更为灵活的政策,对国民党任用的保甲长、联保主任等人员进行区别对待,具体问题具体分析。因为在这些人中,虽然不乏作恶多端、死心塌地为反动派做事的顽固分子,但更多的则是被敌人强迫的普通群众。面对敌人的淫威,为了保全家人的性命,他们被迫接受敌人的要求，但实际上他们的内心是向着红军的。还有一部分人，他们不是被敌人强迫，只是为了生计而应付敌人。闽东特委经过分析认为，虽然保甲制度是反动的，但保甲长是可以为我所用的。因此，闽东游击区对这些保甲长实行革命的"两面派"斗争策略：反动的，坚决打击镇压；同情红军的，大胆团结；应付差事的，极力争取。闽东游击区团结那些同情红军、与群众一条心的保甲长，建立"白皮红心"的两面政权。明里他们是扼杀红军的"白色保甲"，暗地里他们则是为红军传递信息、收集情报的"红色联防"。同时，对处于中间立场的保甲长，则要争取他们当"两面派"，允许他们在红军不在的情况下为敌人工作，但一旦红军出现在他们的辖区，则必须要保守秘密并向红军提供情报。这种斗争策略在实践中产生了很好的效果，使得游击区的多数保甲长都开始为我所用。例如，古田大甲珠洋的联保主任和程际村的保长，他们不但私下里为红军游击队购买药品和弹药，还主动到城里帮红军刺探敌情。这种斗争策略使得红军游击队彻底地打断了敌人的"保甲链条"，进而在游击区来去自如。

其次，在经济上，为打破敌人对游击区实行的严密经济封锁，闽东特委有针对性地制定了抓土豪筹财政的政策。但对土豪也采取区别对待的方式：对国民党占领区内的土豪采取强制手段，抓到后要求其限期缴纳赎款，不配

★闽东革命烈士纪念碑

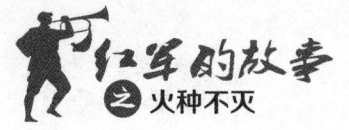

合的死硬分子则坚决镇压；对游击区内的土豪则采取"借款"的方法，县、区政府定期向辖区内的土豪发借款筹粮通知单，只要其在规定时间内向红军缴纳规定数额的款项和粮食，红军就不再对其进行镇压，也不收缴其财产。同时，游击区还采取开放的商业政策，提出"买卖公平，不伤害白区来的商人利益"的口号。允许国民党统治区的商贩到游击区进行合法、正当的买卖，红军保证来往商贩的安全。这种政策极大提高了商人到游击区做生意的热情，他们穿梭于红、白区之间，为游击区军民带来了生活必需品和部分军需用品。甚至一些参与封锁游击区的国民党军官，看到与红军游击队做生意的利润后，也私下里向红军倒卖枪支弹药等武器装备。这样一来，游击区的经济就彻底地搞活了，敌人妄图通过经济封锁，把红军困死、饿死的企图也就不攻自破了。

"实事求是，一切从实际出发"是我党的优良传统，正是由于闽东党组织根据斗争的实际情况，及时制定了正确的、适应斗争形势需要的斗争策略和政策，闽东游击区才能够顺利地粉碎敌人的封锁，进而不断地巩固和发展。

麦市突围

麦市位于湖北省通城县东南，地处湘、鄂、赣3省交界，是一个据岭驰原、兵家必争之地。1935年6月，在湘鄂赣游击区坚持游击战争的红十六师和湘鄂赣省委党政机关被敌人的16万大军压缩包围在了通城附近。为突破敌人的包围圈，红军兵分3路以麦市为中心渡河突围，史称"麦市河突围"。麦市河突围是湘鄂赣游击区红军在三年游击战争时期经历的一次关乎生死存亡的重大战役。这次战役，红军虽然付出了惨重的代价，但最

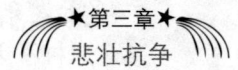

终突破了敌人的包围,保存了湘鄂赣边区的革命力量,为湘鄂赣边游击区的保存和发展奠定了基础。

湘鄂赣边游击区的不断发展和红十六师的连战连捷,引起了国民党高层的恐慌。1935年6月,蒋介石调集进攻中央苏区的中央军汤恩伯部和樊松埔部、湘军何健部以及湘、鄂、赣三省的60多个保安团,总计16万人,将红十六师和湘鄂赣省委党政机关从湖南的平江、浏阳,江西的修水、铜鼓,湖北的崇阳向通城麦市包围压缩,企图一举歼灭湘鄂赣边游击区的武装力量。1935年7月中旬,被敌人层层压缩而行进至通城盘石、云溪地区的红十六师和省委党政机关,决定兵分3路,以麦市为中心,渡过麦市河向崇阳方向突围。红十六师师长徐彦刚率第四十六团为中路,省委书记傅秋涛率省委机关及特务团随中路跟进;省军区顾问长严图阁、省委政治部部长刘玉堂率第四十七团为右路;师政治委员方步舟、副师长魏平、政治部主任钟期光率第四十八团为左路。3路部队成扇形准备强渡麦市河。1935年7月16日深夜,渡河正式开始,红军利用夜幕的掩护,中路和左路都顺利地渡过了麦市河。但由于夜里行军中途休息了一会,未能及时跟进,当傅秋涛率领的省委机关和特务团到达麦市河边时,天已经亮了。失去了夜色的掩护,在敌人强大的火力压制下,渡河部队伤亡较大,特务营营长刘海山也牺牲在了河里。傅秋涛当机立断,决定放弃强渡,率部队重返通城云溪的白石岭,寻找机会伺机突围。返回云溪的傅秋涛部正好在此

★傅秋涛

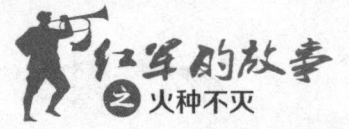

遇到了同样未能成功渡河的右路第四十七团以及为左路担任后卫任务的第四十八团1个连，3支队伍合兵一处，总计1700多人。当敌人发现还有部分红军没有渡过河后，迅速调集2个师的正规军分别从白沙岭和天岳关两个方向对汇集于白石岭的红军进行追堵。为了尽快地摆脱敌人，傅秋涛率领这支1700多人的队伍在云溪山上向南急行，翻山越岭，在大山里与敌人周旋。由于日夜爬山，没有时间休息，也没有粮食充饥，红军战士们又饥又累，疲惫不堪。

俗话说，"天无绝人之路"，就在部队处于极其困顿之时，一块"肥肉"掉到了红军游击队面前。在渡河突围失败后的第三天，傅秋涛率领队伍翻过幕阜山后在洞口偶遇了敌人的一支运输队，这可是掉到嘴边的"大肥肉"。傅秋涛果断组织部队干净利落地消灭了这支运输队，缴获了一些军用物资和十几担大米，暂时解决了队伍的温饱问题。随后，傅秋涛又率领队伍向平江县的周坊、横江山区转移。可是，敌人在敌机的配合打击下，又迅速地从燕岩、团头、三眼桥、钟洞四个方向围攻了过来，斗争形势再度紧张起来。面对敌人的四面围攻和部队自身缺枪少粮的困难局面，一些人产生了悲观失望的消极思想。就在这个紧要关口，敌人又派人送来了劝降信。在别人看来，这对本就已经滋生悲观消极情绪的部队来说无异于火上浇油，因此一些指挥员主张对敌人写劝降信这件事要严格保密，绝对不能让战士们知道，但傅秋涛认为这是一次对广大指战员进行思想政治教育的绝佳机会。他坦诚地向全体指战员公开了敌人的信，并让战士们谈谈自己的看法。战士们纷纷表示敌人这是"癞蛤蟆想吃天鹅肉"，坚决不能向敌人投降。最后，傅秋涛利用这封信向战士们揭露了敌人的狼子野心，并教育大家要坚定革命必胜的信念。他对大家说："对付敌人，一是斗，二是斗，三还是斗，没有坚决的斗争，是不能战胜敌人的。哪怕剩下一个人，一条

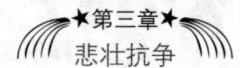

枪，也要打出去，突出去就是胜利！"为了保证突围的成功，省委给部队下达了只许前进、不许后退的死命令，同时对一些动摇分子实施行政看管。在突围之前，傅秋涛将省委机关干部分配到各个基层连队中以加强官兵的政治工作，保证官兵思想的统一。同时结合麦市河突围失败的教训，严令部队在行军中要保持安静，要发扬连续作战的精神，克服疲劳，保证不掉队，任何人不允许说话、吸烟、打手电筒。命令下达后，特务团在前，第四十七团断后，掩护着省委军政机关当夜从三眼桥和燕岩之间悄无声息地穿过了敌人设置的重重障碍，在雷家滩渡过一条河流后，突出了敌人的包围。这支突围出来的1700多人的红军队伍，也成了湘鄂赣边游击区坚持三年艰苦游击战争的骨干力量。

再说当天晚上渡过麦市河的中路第四十六团和左路第四十八团。由于渡过河之后并没有遭遇大队敌人的阻击，放松警惕的他们决定在通城和崇阳交界的地带等一等没能渡河的右路第四十七团和中路省委机关及特务团。然而就是这一等，再次使部队陷入险境之中。没能堵截住傅秋涛部的敌人迅疾调转方向，兵分多路向徐彦刚和方步舟率领的第四十六团、第四十八团包围而来。徐彦刚和方步舟决定率部队向阳新转移，然后经太子庙、海口镇渡过长江。徐彦刚率第四十六团先行渡江，但是失败了，他只得率领第四十六团乘船顺江而下，并在江西瑞昌的码头镇登岸。随后其率部转战到永修、靖安一带，但又陷入了敌人的包围之中。在战斗中徐彦刚身负重伤，为了不拖累队伍，他把部队交给了第四十六团政委明安楼指挥，并叮嘱他一定要坚持下去，把队伍带出去，交给党，交给湘鄂赣人民。而他自己则带1个排转移到了永修云居山里治伤。然而由于叛徒的出卖，徐彦刚惨遭敌人杀害，他的牺牲对湘鄂赣边游击区来说无疑是个重大损失。而第四十六团在敌人的围堵之下，坚持斗争了1个多月，仅存70多人在政委明

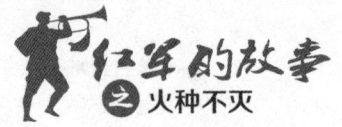

安楼的带领下与省委会合。就在徐彦刚率第四十六团顺江而下的同时，方步舟率第十六师师部和第四十八团也到了江边。但由于没有找到船只，再加上敌人的追兵已经距他们很近了，方步舟只能率领队伍重回阳新，却在路上遭遇了敌人主力部队的堵击。由于没能迅速地穿过敌人的堵截，敌人的追兵也很快地压了上来，在敌人的前后夹击之下，部队伤亡惨重。最后，只有副师长魏平、政治部主任钟光期等16人突围出来，后辗转1个月才与省委会合。

陈毅"受审"

1937年10月23日，对陈毅来说是个终身难忘的日子——在艰苦卓绝的三年游击战争中，多次从敌人手中死里逃生的他在这一天却险些死于同志之手。

这天一大早，中共湘赣省委办公所在的竹棚外空地上就坐满了湘赣边游击队的队员，足足有一两百人。听说是要开公审大会，公审、处决叛徒，大家都愤怒地交谈着，仿佛在诉说着在这三年残酷斗争中所积聚的对国民党反动派的阶级仇恨和对叛徒的深恶痛绝，会场的气氛显得格外凝重。当受审的"叛徒"被带上会场时，人群再次骚动起来，一些游击队的老同志认出了"叛徒"。

"这不是陈主任吗？"

"大老刘不是中央分局的领导吗，怎么也叛变革命？"

原来，七七事变之后，国共两党实行第二次合作，结成抗日民族统一战线，一致对外。出于民族大义，中国共产党摒弃前嫌，决定将长征到达陕北的红军主力改编成八路军，将在南方八省坚持游击战争的红军游击队

第三章
悲壮抗争

改编为新四军。然而，由于南方八省的红军游击队分散在各个山头，长期处于国民党军队的封锁隔绝之下，与中央失去了联系，对山外的形势也不够了解，再加上三年的残酷斗争所积聚的对国民党反动派的阶级仇恨和因叛徒出卖所遭受的重大损失，所以他们对党中央的民族统一战线政策不理解，坚持不下山。一些游击队甚至把党派上山动员他们下山整编的领导干部误认为是叛徒而错杀，例如浙江省委书记关英被弋阳磨盘山游击队

★谭余保

误杀，鄂东南特委书记林美津被赣东北游击队误杀。最严重的是谭余保领导的湘赣边游击队，陈毅派去接他们下山的两拨联络员都被他们错杀了，而且他们还在安福一带坚持斗争，给陈毅与国民党的谈判工作造成了很大的麻烦。"共产党讲停战了，可这里却还不停。"国民党以此为由，要派兵继续"围剿"湘赣边游击队。为了保住这支革命武装，陈毅决定亲自上山动员他们下山。可是一来到武功山上的湘赣边临时省委驻地，陈毅就被误认作是国民党的说客，而被绑了起来。

陈毅抗议说："为什么捆我？"

游击队员却反驳道："你是叛徒，为什么不捆你。"

陈毅说："我要见谭余保，要见省委领导。"

"可以呀，不过先坦白交代你们来了多少人，把如何叛党、如何勾结敌人，打算怎样进攻我们都讲出来，争取宽大处理。"游击队队员说道。

陈毅被捆在一间竹房里，隔着一层竹子扎的墙，隔壁屋里湘赣边临时省委正在开会讨论如何处置他，他们的声音陈毅听得一清二楚。当陈毅听

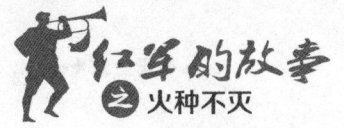

到要枪决他时,他大声喊道:"不能杀。杀掉我,那要犯大错误的!"可是屋子那边没有人搭理他。

第二天,一两百人坐在房子前面的空地上,准备开一场公审会,像公审犯人一样审陈毅。等了一会儿,有人来了。他带着一支驳壳枪,戴了一副黑眼镜和一顶红军帽子,手里还拿着一根竹子做的烟枪,游击队员们都向他敬礼。看到这个情况,陈毅判断这个人应该就是谭余保。于是陈毅就问道:"你就是谭余保同志吧?"

谭余保板着脸,愤愤地回答:"谁是你同志,你(这)个叛徒。"

听到这话,陈毅很严肃地对他说:"谭余保同志,我是党派来找你们的。"

"哪个党派你来的?国民党吧。"

"我是陈毅,代表中国共产党。"

"我认识你,在井冈山的时候,你在台上讲话,摇头摆尾,神气十足地一讲就是几个钟头,讲得头头是道,我们就坐在地上听。你自己过去讲的话,现在都不记得了吧。"

"我过去讲的话很多,不晓得是哪些嘛。"

谭余保吸了两口烟,说:"那我帮你回忆回忆。你讲要革命到底,不要妥协,不要投机。可是你现在却吃不了苦,不干革命,当了投机分子。今天你要是不老实交代如何投降反动派的,老子就枪毙你。"

谭余保越讲脾气越大,说道:"国民党反动派屠杀了我们那么多同志,血海深仇,我们怎么能跟反动派合作呢?老子要革命到底。"

"谭余保同志,你光想自己,不顾大局。日本人打来了,我们的主要敌人就是日本帝国主义,国内的阶级矛盾已经成为次要矛盾。为了抗战大局,我们要实行国共合作,并且争取抗日战争的领导权。你是共产党员,你得

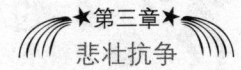

相信组织嘛！"

"要把我们红军拉出去给蒋介石改编，这就是叛变革命！"谭余保压制不住自己的火气，举起手中的烟管就要敲陈毅的脑袋。

陈毅用手挡住他挥过来的烟管，说："谭余保同志，你是省委书记，有啥子话就讲，不要动武。你有意见可以向中央反映，我到这里只是传达中央的决定。如果你不相信，可以派人下山看看。现在朱总司令到了南昌，叶剑英在武汉，项英过些日子也会从南昌回来。"

"项英、叶剑英我不管，你就是斯大林、毛泽东派来的，我也要把你抓起来。"谭余保正在气头上，一时说漏了嘴。

陈毅抓住机会，反击了他一下："谭余保同志，你在如此艰苦的环境下，带领同志们坚持了下来，保存了革命火种，我陈毅佩服你。你骂我是叛徒，我也不见怪，你们出于朴素的阶级感情，一时难以接受统一战线政策，这也能理解。可是你讲项英、叶剑英你不管，斯大林、毛泽东派来的你也要抓，谭余保，你根本不是什么共产党员，不是啥子游击队政委，也不是啥子省委书记。你是山大王！你已经离开党的原则立场了。"接着陈毅又向坐在底下的游击队员们呼吁："大家要站稳立场，坚持游击战争是应该的，当土匪就不能干！谭余保，你是共产党员，就不能枪毙我；你要是土匪，就枪毙我。枪毙吧！"

听了陈毅的话，谭余保哈哈大笑，还说陈毅不老实，他知道自己输了理，再说下去，说不定其他人会被陈毅说服，于是就让人把陈毅押下去了。此后的几天，谭余保又单独跟陈毅谈了几次，也逐步认识到自己对陈毅的怀疑似有不妥。同时，游击队里的一些队员也建议他把情况搞清楚再说，因为杀陈毅非同小可，万一杀错了就犯大错误了。为了搞清情况，谭余保派了一个交通员下山了解情况。

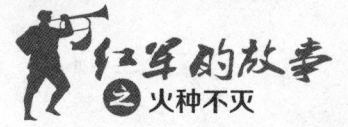

交通员带着陈毅的亲笔信来到吉安红军游击队接洽处。接洽处的工作人员向他详细讲解了党的政策和当前的形势，并让他带回了党中央的文件。看到中央文件的谭余保又羞愧又激动，他自责地感慨道："我太鲁莽了，险些犯下大错误。"他立马跑向关陈毅的屋子，一进屋就一边给陈毅松绑，一边惭愧地向陈毅道歉："陈毅同志，我太鲁莽了，真是对不起。"后来，以谭余保为书记的湘赣边界特委坚决执行了党的指示，带领湘赣边游击队走出大山，走向抗日战场。

奇袭华王庙

三年游击战争时期，在湘南地区活跃着一支神出鬼没的红色武装——湘南赤色游击队。在长达三年的艰苦卓绝的游击斗争中，他们积极主动地开展游击战，灵活机动地打击敌人，粉碎了敌人的多次"清剿"，取得了对敌斗争的一系列胜利。奇袭华王庙就是其中一个。

红军主力长征后，活动在湖南耒阳、安仁、永兴边境地区的湘南赤色游击队第三大队在中共耒安永中心县委的领导下，坚持以游击战打击敌人，取得了可喜战果。到1934年底时，第三大队已发展到80多人了，拥有长短枪68支。1934年12月，为了扫除游击队在耒阳、安仁边界活动的障碍，耒安永中心县委决定袭击敌人有1个连正规军驻守的华王庙。华王庙是耒阳、安仁两县边界的一个大集镇，为了对付游击队，敌人在华王庙修筑工事、碉堡，企图以此遏制游击队在耒安边界的活动。敌人控制的华王庙就像是一颗钉子，钉在游击队活动的中心，严重影响了游击队的活动，必须坚决拔掉它。

12月25日夜，第三大队冒雨赶到华王庙附近埋伏起来。第二天清晨，

第三章
悲壮抗争

游击队派出 12 名队员组成短枪队，利用赶集日化装成赶集的农民潜入华王庙镇上。这一天是华王庙开集的日子，赶集的人非常多。根据情报，敌人的营房设在街中一个大戏台后的院子里。乔装的游击队员三三两两地混入熙熙攘攘的人群中，

★耒阳烈士纪念碑

慢慢地向戏台走去。戏台前面，敌人的哨兵端着枪耀武扬威地盘查来往的行人。突然，离戏台子不远处的一家店门前响起了噼里啪啦的鞭炮声，敌人哨兵和街上行人的注意力都被这突如其来的响声吸引。借着鞭炮响声的掩护，2 名队员迅速冲上戏台，打死了戏台前放哨的敌人。他们将缴获的 2 支步枪和子弹扔给台下接应的队友后，又迅速地从后台跑下，再会同另外 2 名队员冲进院子。站在院子里放哨的几名敌人，由于鞭炮声的干扰并不知道游击队已经打来了，面对如神兵天将一般的游击队员，他们还没有搞明白怎么回事就一命呜呼。队员们捡起敌人的枪支后就迅速撤离了。就在此时，另外两路游击队员也以鞭炮声为信号，在华王庙镇上的西北路口和东口分别打死了几名持枪站岗的敌人。察觉情况的敌人慌忙从营房中冲了出来，这时隐藏在敌人营房不远处人群中的一名游击队员大喊一声："打枪了，快跑呀！"站在街上看放鞭炮的众多行人立刻骚动起来，四下里到处乱跑。组织起来准备反扑的敌人被这密集跑动的人流完全挡住了去路，行动受阻。游击队员们则混在四处逃散的百姓中，安全地撤出了华王庙。

这次袭击虽然只打死打伤敌人 30 人，但是游击队行动果敢、作战大

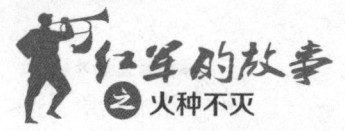

胆,犹如神兵一样来去自如,在当地群众中产生了很大影响,也给国民党官兵造成了很大的心理恐慌。

便衣武装显神威

"时兵时农,来去自如,飘忽无定,行动果断",这是敌人对共产党领导下的活跃于鄂豫皖边区的一个革命组织的评价。这个连敌人都给予很高评价的组织,就是便衣队。便衣队始建于1933年,红二十五军西征之后,为了配合主力部队作战,鄂豫皖边游击区大力组建、扩展便衣队。这种以地方工作和群众工作为主的武装便衣队,适应了游击战争对敌斗争的需要,一经诞生就显示出强大的生命力。三年游击战争时期,鄂豫皖边区的武装便衣队由少到多、由弱到强,星罗棋布地分布于边区的22个县,为鄂豫皖边区的游击战争做出了重要贡献。

组建便衣队是鄂豫皖边区的一大创举。便衣队最早出现于1933年7月。当时,国民党军正对鄂豫皖苏区进行第五次"围剿"。为了反击敌人对革命老区的疯狂进攻和血腥报复,且更好地保护自己,中共红安县委创建了这支独特的对敌斗争武装。它集党政军职责于一身,既是当地的党组织,又是当地的苏维埃政权和军事组织。便衣队人员少而精,三五人一队,身藏短枪、匕首进行活动。队员以熟悉民情、地形的当地人为主,战时是兵,平时是民,来得快,去得也快,因而不易被敌军发现,却最容易发现敌人,善于避敌之长,击敌之短。便衣队成立后,在为红军收集情报、筹集钱粮、惩办反动分子、偷袭敌人据点等方面,发挥了重要作用。

1935年,红二十五军从鄂豫皖边区转移后,根据鄂豫皖省委指示,领导边区党政军工作的省委常委高敬亭决定将分散在鄂豫皖边区各地的红军

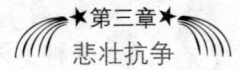

集中起来，重组红二十八军。然而，红二十八军自组建以来就一直处于敌人的围追堵截之中，战斗频繁，部队无固定后方，物资供应非常紧张。在这种严峻的斗争形势下，便衣队——这一对敌斗争的特殊组织逐渐引起了鄂豫皖边区党组织和红军的重视。在残酷的斗争实践中他们认识到：便衣队是对敌斗争的一支重要力量，能完成某些主力部队不能完成的任务，已成为坚持老区、开辟新区的重要力量，是党和红军联系群众的桥梁，主力红军的得力助手，是插向敌人心腹的利刃。于是，大力发展便衣组织就被边区党组织和红军放在了重要的战略位置。

从1935年开始，鄂豫皖边区各级党组织就大力发展便衣队。同时，省委和红二十八军也选派富有群众工作经验的干部、战士，协助地方党组织发展便衣队。截至1937年春，鄂豫皖边游击区的便衣队已发展到大大小小110余支，总人数达600多人，活跃在鄂豫皖边区22个县。久经残酷斗争洗礼的便衣队，拥有极强的独立作战能力，在红军主力部队与敌人在外线兜圈子的时候，他们或穿梭于红、白区之间，为主力红军收集情报、购买弹药、筹集粮草；或依靠群众在内线坚持斗争，以牵制敌人

★红二十八军军政旧址

并伺机打击敌人；或跳到敌占区组织发动群众，恢复和建立党组织，开辟新的游击根据地。

在游击战争中，便衣队的主要工作包括：一、发动、宣传、组织、武

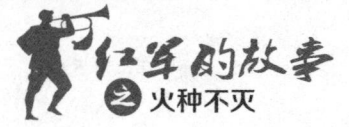

装群众。便衣队成员与当地群众有着千丝万缕的联系，因此他们也最懂群众，最知群众的疾苦。他们既要帮助贫苦百姓解决苦难，又要宣传共产党的主张和革命真理，坚定群众参与革命、支持革命的信心。同时，便衣队还通过亲连亲的串联，在群众中成立秘密的农民小组，再通过进一步组织，逐步将其发展成不脱产的小便衣队，然后根据条件成立游击队，并通过打击地主武装收缴枪支，武装群众。二、扩大游击区，建立新的游击根据地。与红军主力不同，分散隐蔽、灵活精干的便衣队很容易避开敌人的"清剿"和搜捕。他们依靠党组织和革命群众，从单庄独户开始，立稳足后，再借助亲连亲、邻连邻，由点到面开展工作，从山区发展到平原，由一点变成多点，点面开花连成一片；由秘密活动到建立隐蔽的游击根据地，逐步到公开建立小便衣队和游击队，成立党的领导机关，掌握基层政权，开设山林医院、被服厂、修械所，建设比较巩固的后方基地。正是这些便衣队建立的大大小小的游击根据地，使得红二十八军在三年游击战争中有了依托。三、恢复和建立党的组织。在革命老区，便衣队把被敌人打散的党组织重新恢复起来后，培养锻炼了大批进步群众加入党组织，充实党组织力量，进而使各革命老区形成坚持游击斗争的领导核心。同时，便衣队还在新开辟的游击根据地大力发展新党员，建立基层党组织。四、掩护红军伤病员，进行妥善安置和治疗。在敌人对游击区的疯狂"搜剿"之下，红军部队的医院大都被敌人破坏，且红军主力部队一直处于流动作战状态，没有过多精力救治和安置伤病员。因此，在三年游击战争期间，鄂豫皖边游击区的红军伤病员基本上都是由便衣队进行安置和护理的。为了让伤病员早日康复重回战场，便衣队队员们冒着生命危险给伤病员采购药品，自己宁可忍饥挨饿也要让伤病员吃饱穿暖。五、镇压反动分子，掌握乡村政权。便衣队采用灵活的斗争策略，对罪大恶极、顽固反动的死硬分子，予以坚

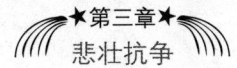

决的打击。同时,他们努力争取和掌握一些国民党乡村基层政权,为我所用。六、补充红军兵员,配合红军作战。便衣队利用其在群众中的影响力,在动员广大贫苦农民参加红军的同时,组织地方武装补充主力红军。例如,便衣队发展的皖西地方武装——皖潜独立营和蕲黄广游击大队就先后被编入红二十八军。为配合主力红军作战,便衣队还积极探查敌人情报,了解敌人的兵力部署,组织人员破袭敌人的公路、电线和据点。他们经常几个人一组插入敌人后方,不停地对敌人进行袭扰,使得敌人心神不安,疲惫不堪。

聚散自如巧破敌

1936年,在豫南桐柏山区坚持游击区战争的鄂豫边红军游击队在革命老区群众的大力支持下,开展了一系列卓有成效的斗争,队伍也由最初成立时的7名队员发展壮大到几十人,还开辟了一块以桐柏山支脉天目山为中心的新游击根据地。

眼看着鄂豫边红军游击队一步步发展壮大,国民党河南省当局日益感到不安。5月,国民党豫南"剿共"指挥部抽调"围剿"鄂豫皖边游击区的正规军4个营加上国民党河南省保安第十团,在地方民团的配合下对鄂豫边游击区进行清乡"搜剿"。敌人在出入游击区的所有交通要道筑碉堡、修栅栏,然后采用"篦子"战术,分进合击红军游击队。在红军游击队处境日益危险的关头,队长周骏鸣立马结束养伤返回游击队主持工作。

面对来势汹汹的敌人,鄂豫边省委根据周骏鸣的建议,决定将游击队"化整为零",一分为三,分别由游击队队长周骏鸣、省委组织部部长仝中玉、省委宣传部部长邓一飞率领,分散在确山、泌阳、信阳开展游击斗争。

★ 周骏鸣

游击队被"化整为零"后,在鄂豫边各级党组织和广大群众的支持下,积极开展隐蔽斗争,伺机打击活动区域内的乡镇反动分子及地主恶霸。仝中玉率领几名游击队员来回穿梭于唐河、新野两县之间,飘忽不定,让敌人摸不着行踪,并巧妙地利用敌人的空当,先后袭击了孙庄、古城等村镇的反动分子和地主武装,扩大了游击队在当地群众中的影响。游击队成员大多是当地土生土长的农民,与当地群众有着密切的联系。分散隐蔽的游击队员们植根于百姓之中,宣传革命道理,为群众排忧解难,并严格地遵守我党我军的群众纪律,赢得了群众的认可。为了保护"自家队伍",当地的百姓自觉地当起了游击队的侦察兵、哨兵、后勤兵和医护兵,使得进入游击区"搜剿"游击队的敌人变成了"聋子""瞎子";而隐藏在群众之中的游击队则似乎有了"千里眼""顺风耳",对敌人的行动了如指掌,进退自如,并能及时地抓住敌人的破绽袭扰敌人。

狂妄的敌人在鄂豫边游击区叫嚣了3个多月,最终也没能彻底消灭红军游击队,反倒被游击区军民袭扰得疲惫不堪。8月中旬,"清剿"计划彻底破产的敌人,只得灰头土脸地将主力陆续撤离游击区。根据敌情的变化,鄂豫边省委果断决定将游击队"集零为整",集中力量打击分散薄弱之敌。省委命令下达之后,分散在各地的游击队员们闻令而动,迅速集结。23日,刚刚"集零为整"的游击队就在周骏鸣的率领下夜袭了泌阳县的地主武装,打死打伤敌人10余人,缴获长短枪20多支。随后,游击队又转战唐河、新野、信阳等县打击国民党地方反动势力,重新恢复和建立被敌人破坏的党组织,巩固和发展游击根据地。

在敌人的重兵"清剿"下，鄂豫边游击队巧妙地运用灵活集散、伺机袭扰的游击战术。敌人进攻，游击队就分散隐蔽伺机袭扰；敌人撤离，游击队就集中力量打其软肋。在三年游击战争中，鄂豫边游击队在边区群众的支持下如鱼得水、聚散自如，使国民党反动派彻底消灭鄂豫边省委和鄂豫边游击队的计划一次次落空，也使得革命的火种在中原腹地生生不息。

扑不灭的琼崖星火

我们一直都说南方八省三年游击战争，然而作为主力红军长征后在南方八省坚持斗争的15块游击区之一的琼崖游击区，它的游击战争远远不止三年。从1933年初琼崖苏区第二次反"围剿"失败时算起，到1938年12月琼崖游击队被改编为抗日独立队，琼崖游击区经历了长达6年的艰苦卓绝的游击斗争。在这6年的艰难岁月里，琼崖游击队在中共琼崖特委的领导下，坚韧不拔、不屈不挠，让母瑞山上存留的革命星火燎遍整个海岛。

1932年春，繁花似锦、春意盎然的琼崖苏区被拖进了血与火的狂涛之中。国民党军第一集团军警卫旅来岛后，迅速在国民党海南保安部队及一个空军分队的配合下，对琼崖苏区发动了第二次疯狂"围剿"。由于受到"左"倾冒险主义影响，琼崖红军独立师星夜兼程，从四面八方向特委和琼崖苏维埃政府机关所在地母瑞山靠拢，准备抗击敌人。面对漫山遍野的敌人，红军独立师与敌人在母瑞山进行了英勇的战斗，击退了敌人一次又一次的进攻，敌人的尸体塞满了山沟。损失惨重的敌人动用飞机、大炮对独立师的阵地进行不间断的狂轰滥炸，阵地上血肉模糊，革命勇士的鲜血染红了整个山头。战斗持续了2个多月，我方终因敌强我弱、战略方针不当而失败。第二次反"围剿"斗争失败后，损失惨重的红军独立师解体，革

红军的故事 之 火种不灭

★ 冯白驹

命苏区沦为白区或者变成游击区，各地党组织和革命武装遭到严重的破坏，琼崖的革命斗争由此进入极其艰难的游击战争时期。

反"围剿"失败以后，琼崖特委书记冯白驹率领幸存的特委、苏维埃政府机关和警卫分队共100多人仍在母瑞山坚持斗争，与敌人打游击。在敌人的重重封锁和不断"搜剿"的袭击下，冯白驹和红军战士仿佛进入了"原始社会"。在大山里，与世隔绝的游击队不仅要忍受疾病、饥饿、蚊虫毒蛇、台风暴雨的折磨，连生火都要靠最原始的钻木取火。正如冯白驹将军在其回忆录里写到的那样："为争取人类最先进、最理想的社会，我们却过着人类最原始的生活。"在如此恶劣的生活环境下，100多人的队伍到最后只剩下26人，但他们异常团结，异常坚定。冯白驹一直鼓励大家说："环境恶劣，生活苦难，都丝毫不能动摇我们革命的决心和斗志。我们坚决相信，革命一定会胜利的。只要我们坚持下去，黑暗是暂时的，光明总有一天会到来。我们是革命的乐观主义者，对恶劣的环境没有任何悲观失望。"正是靠着这份对革命的坚定信念和笑对困境的革命乐观主义精神，冯白驹带领大家采野菜、青苔，睡山洞、石崖，斗狂风、暴雨，百折不挠地在山上度过了异常难熬的几个月。

"野火烧不尽，春风吹又生。"终于，1933年的春天到来了，生机勃勃的春天孕育着无限生机。觉察到时机已经成熟的游击队员们果断决定从山上突围出去，把革命的火种重新烧起来。冯白驹一行人突围后，连续几天

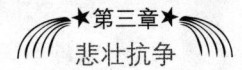

昼伏夜行，秘密通过敌人的层层封锁线，终于在4月中旬到达了革命老区琼山县，与在琼文地区坚持斗争的李黎明、刘秋菊等6人会合。在他们的帮助下，冯白驹等人又成功地与琼文县委会合，并与在琼东、乐万坚持斗争的同志取得了联系。在琼山立足之后，他们总结以往斗争的经验教训，逐步体会到了琼崖革命斗争的特点和开展游击战的极端重要性。为尽快开展好游击斗争，重新让琼崖的革命火种形成燎原之势，6月份，琼崖特委召开临时会议，制定了今后游击区斗争的三项重要任务：一、编组游击小组，分散到各县活动；二、恢复和发展各地党组织；三、组织干部到白区开辟新的游击根据地。特委要求各地在恢复工作后要把发动群众和打游击战结合起来，逐步扭转被动局面，推动革命形势的新发展。

有着多年革命斗争经验的冯白驹也是个打游击战的高手。在琼山，他亲自领导琼文县委开展恢复工作和打游击战。他经常带领着一批游击队员，灵活机动地往来于不同的地方，飘忽不定，使得敌人东奔西窜，疲于奔命。冯白驹他们在转移途中，一旦看准时机，就打敌人一个措手不及，或围点打援，或乘虚偷袭，或同敌人打"麻雀战"，使得敌人苦不堪言。有一次，为打击咸来的反动民团，冯白驹指挥游击小组兵分两路，一路佯攻反动民团位于新云村的老窝，另一路则在敌人从外围据点返回新云村的必经之路上埋伏。虽然以一个游击小组之力根本不可能打下一个工事完备的反动民团驻地，但早已被冯白驹的游击队打怕了的敌人，见到有红军打来了立马要求在外围据点的人回兵救援。冯白驹正是利用敌人贪生怕死的心理，用此计把敌人调出了据点，并在路上对其进行伏击。在这次围点打援的伏击战中，游击队以极小的代价就取得了毙敌10余人的战绩。还有一次，冯白驹让游击小组设法弄到了十几套国民党军装，然后他带人化装成国民党军队，大摇大摆地进入了一个民团把守的据点。据点里的敌人见有正规军来

了,慌忙出来迎接。红军战士迅速抢占敌人的岗楼,正在里面赌钱、抽大烟的团丁们只得束手就擒。只用了十几分钟,游击队就毫发无损地缴获了十几支枪和大批子弹。

从1933年6月到1936年夏,经过3年的恢复和发展,琼崖游击区被动的形势有了根本的好转,特委不仅与没被敌人完全破坏的各地县委取得了联系,还先后恢复了被敌人破坏的文昌县委、琼澄县委,并新建了琼定县委、善集县委和西南临委、临高工委。随着各县党组织和特委联系的日益通畅,为适应斗争形势发展的需要,琼崖特委于1936年在琼山县召开了特委第五次扩大会议。这次会议深刻总结了反"围剿"斗争失败的教训以及几年来开展游击战争的经验,深入分析了当前面临的斗争形势,并在此基础上制定了游击区今后一段时间的主要任务:继续进行恢复和发展组织的工作,在此基础上注意开拓新区;开展抗日救亡宣传,号召群众组织起来抗日讨蒋,以群众武装自卫委员会的名义来团结群众和领导群众斗争;壮大红军武装,开展游击战争。同时,为了进一步建立全岛统一的红军游击队领导机构,会议还做出了健全琼崖特委领导、成立琼崖工农红军游击队司令部的决定。经选举,新的特委仍由冯白驹任书记,但委员由原来的5人增至7人。红军游击队司令部以朱运泽为司令员,特委常委王白伦兼任政治委员,下辖7个游击支队。虽然每个支队的人数不多,少则六七人,多则一二十人,但这些久经战火考验、能打善战的红军战士成为此后红军游击队发展壮大的骨干力量。

这次会议之后,红军游击队各支队认真贯彻特委"积极活动,积蓄力量,再接再厉,坚持斗争"的指导方针,广泛深入地开展军事斗争、政治斗争和经济斗争,灵活机智地打击敌人,同时积极筹备经费,缴获武器弹药,发展壮大队伍,接连取得了一系列战斗的胜利。红军游击队第一支队

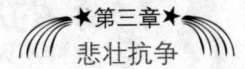

随特委在琼文地区活动，保护领导机关并寻机打击敌人；第二、第三、第四支队联合作战，奇袭炮楼，伏击清澜联防队；第二、第六支队还联合袭击了善集县加乐民团；第五支队在琼澄县、第七支队在乐万一带打击敌人，也都取得了不错的战果。全琼各地游击战争的不断发展，使得扑不灭的革命火种再次燃遍琼崖大地。

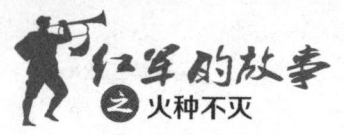

拓展阅读

共产党领导下的南方八省游击区

通常所说的南方三年游击战争是指1934年10月主力红军长征后，坚持在赣粤边地区、闽赣边地区、闽西地区、闽粤边地区、闽北地区、闽东地区、闽中地区、皖浙赣边地区、浙南地区、湘鄂赣边地区、湘赣边地区、湘南地区、鄂豫皖边地区、鄂豫边地区、琼崖地区等八省十五个游击区的革命斗争。实际上，红军游击战争活动范围不止于南方八省（还有四川、广西、陕西、贵州、云南等省），也不止以上十五个游击地区（还有川陕边、鄂豫陕边、川滇黔边、黔东、滇桂边等游击区），只是其中有的红军游击队没有坚持到1938年新四军组建时，有的没有被整编为新四军。

赣粤边游击区

1935年3月，项英、陈毅和蔡会文等共率领300余人，先后转到油山山区，同先期到达该地区活动的李乐天部会合，共1000余人。之后，红军游击队依托油山山区，分散活动于大庾、信丰、南雄、全南、龙南等县境内，同反复进行"清剿"的国民党军进行了艰苦的游击战争，蔡会文、李乐天在战斗中牺牲。至1937年7月，这支红军游击队尚有300余人。

闽赣边游击区

1935年1月，中共瑞金特别委员会书记赖昌祚领导3个红军独立

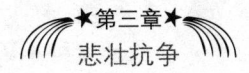

营及游击队共1000人，在瑞金附近坚持斗争。至5月，部队在国民党军的反复"清剿"下大部损失，赖昌祚牺牲，余部30余人被编为瑞金游击队，由钟得胜率领，转到大柏地山区坚持游击活动。此时，还有2支游击队在瑞金、长汀县境内坚持活动。1937年春，这3支游击队被合编为汀瑞游击队，就地坚持斗争。11月，汀瑞游击队发展到300余人。

闽西游击区

1935年春，陈潭秋、邓子恢、谭震林等率领从中央苏区突围出来的100余人到达永定地区，与在闽西地区坚持斗争的红军独立第八、第九团等部会合，共约1500人。之后，红军在张鼎丞、邓子恢、谭震林等组成的闽西南军政委员会的统一领导下，分散在永定、上杭、连城、漳平、南靖、平和等地区开展游击战争，挫败了国民党军的反复"清剿"。至1937年7月，这支红军游击队仍有1300人。

闽粤边游击区

1934年秋，中共闽粤边特别委员会书记黄会聪领导红军独立第三团，在南靖、平和、漳浦地区坚持斗争。1935年5月，靖和浦游击区被国民党军占领，红三团分散在漳浦、云霄边界坚持游击活动。至1935年底，（南）靖（平）和（漳）浦游击区得以重建。1936年9月，游击区粉碎了国民党军的"清剿"。1936年底，部队发展到1300余人，游击区扩大到东到海岸，西与闽西游击区相接，南至广东省潮安、澄海、饶平，北迄福建省漳州城郊地区。至1937年下半年，这支红军游击队尚有300余人。

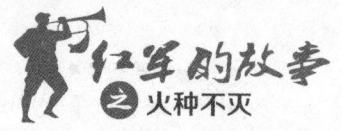

闽北游击区

1935年1月,闽北革命根据地大部分被国民党军占领。2月,以黄道为首的中共闽北特别委员会,将转移到崇安北部的武夷山山区的红军第五十八团、西南独立团、闽北独立团等部共约2000人,合编为红军闽北独立师,黄立贵任师长,卢文卿任政治委员。3月,闽北独立师一部进到闽东北的松溪、政和、迪口、古田一带活动,开辟了以迪口为中心的游击根据地;主力以武夷山为依托,在崇安、建阳、邵武、光泽、资阳、广丰等县开展游击战争,先后在甘溪、界首镇等地的战役中取得胜利。至1936年底,游击区扩大到10余县,部队发展到3000余人。1937年春夏,在国民党军的进攻下,闽北独立师受到较大损失,闽北军分区司令员吴先喜、师长黄立贵牺牲。至9月,闽北独立师尚有800余人。

闽东游击区

1935年春,国民党军大举进攻闽东革命根据地,红军闽东独立师转移到宁德、屏南、周墩、政和地区,开展游击活动。5月,以叶飞为书记的中共闽东特别委员会和闽东军政委员会得以重新组建,领导闽东地区的斗争。之后,红军独立师在闽浙边开展游击战争,先后取得了沙埕、桃坑等战斗的胜利,粉碎了国民党军的"清剿",恢复和重建了宁(德)屏(南)古(田)、福(安)寿(宁)、霞(浦)(福)鼎及(福)鼎平(阳)4个游击区。至1937年底,闽东独立师发展到1300余人。

闽中游击区

闽中第一支红军游击队于1928年3月在莆田广业山区成立。1930

年，中共福建省委把闽中地区分散各地的游击队，整编为中国工农红军第二十三军第二〇七团和中国工农红军第一〇八团。其后，邓子恢调任闽中特委书记，闽中游击区和红军游击队得到进一步发展。1935年中央红军长征后，闽中红军游击队依托常太根据地和罗汉里根据地展开游击战，其状如同虎口拔牙。在中共福建省委和闽中特委领导下，红军队伍发展到300多人。到国共合作抗战之初，闽中游击队就有200余人北上参加新四军，被编入新四军军部特务营。

皖浙赣边游击区

1934年11月，红军第十军团离开闽浙赣苏区向皖浙边挺进后，红军第三十师及游击队共1000余人，与在彭泽、湖口、鄱阳、祁门的皖赣独立师和鄣公山的皖南独立团会合，继续在当地坚持斗争。1935年春，在国民党军的"清剿"下，红三十师受到严重损失，闽浙赣军区司令员唐在刚牺牲，余部在中共赣东北特别委员会书记余金德的率领下，分散在皖赣边坚持游击活动。从1935年底至1936年4月，分别活动于皖赣边、皖南、皖浙赣边的红军和游击队，相继在皖浙赣3省交界的鄣公山会合，被编为皖浙赣红军独立团，共800余人。之后，红军在以关英为书记的中共皖浙赣省委的领导下，依托鄣公山，在开化、婺源等县境内开展游击战争，先后取得开化城、昌化城、沱川月岭等战斗的胜利，挫败了国民党军的多次"清剿"。至1937年7月，这支红军游击队尚有300余人。

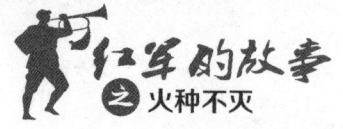

浙南游击区

1935年2月，由浙皖赣边突围回到闽浙赣革命根据地的红军第十军团一部，组成中国工农红军挺进师，师长粟裕，政治委员刘英，全师共500余人。接着，挺进师由闽浙赣革命根据地出发，于3月下旬进到闽浙边地区的江山、浦城、龙泉、遂昌、松阳等县边界地区，开展游击活动。至9月，开辟了浙西南游击区，挺进师发展到近1000人。9月中旬，国民党军向浙西南游击区进攻，挺进师以一部分兵力在原地坚持斗争，主力转至闽浙边地区打击国民党军。1936年6月，挺进师乘国民党军他调之机，广泛进击。至1936年底，活动区域扩展到浙南的衢州、处州（今丽水）、温州、台州等30余县，部队发展到约1600人。1937年上半年，挺进师在国民党军的进攻下受到较大损失，至9月，部队尚有约400人。

湘鄂赣边游击区

1934年11月，中共湘鄂赣省委书记陈寿昌、湘鄂赣军区司令员徐彦刚等指挥红军第十六师1100余人，在平江、浏阳、铜鼓边界地区坚持游击战争，后来陈寿昌不幸牺牲。至1935年5月，红十六师先后取得大源、高枧、虹桥、三界尖等战斗的胜利，发展到5000余人。之后，红十六师在国民党军的反复进攻下受到很大损失，徐彦刚牺牲，余部1000余人由继任省委书记傅秋涛等率领，继续在湘鄂赣边地区坚持游击战争，先后攻克汨罗、文家市、宜春等城镇，保存了黄金洞等游击根据地。至1937年8月，红十六师尚存约900人。

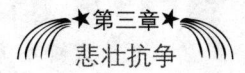

湘赣边游击区

1934年8月,红军第六军团离开湘赣革命根据地进行战略转移后,留在根据地坚持斗争的地方武装和游击队共5000余人,在国民党军的进攻下受到严重损失,湘赣军区司令员彭辉明牺牲,余部分散在罗霄山脉的武功山、九陇山地区活动。1935年7月,中共湘赣临时省委书记谭余保将失散的部队集中起来,编成游击支队,并成立了以谭余保为主席的军政委员会和以曾开福为司令、谭余保兼政治委员的游击司令部。此后,红军游击队分别在湖南省的茶陵、攸县、醴陵和江西省的萍乡、宜春、安福、永新、宁冈、莲花等县境内及吉安县的官田附近坚持游击战争,先后取得攻打安福、油田、官田等战斗的胜利。至1937年11月,这支红军游击队尚有近400人。

湘南游击区

1934年11月,在湘南坚持斗争的红军独立第四团和游击队,在国民党军的"围剿"下受到极其严重的损失,中共湘南特别委员会书记彭林昌牺牲。不久,湘南红军独立大队成立,在宜章的骑田岭一带山区坚持游击活动。与此同时,另一支红军游击队在耒阳、安仁县境内坚持活动。1938年初,上述两支红军游击队集中时共有300余人。

鄂豫皖边游击区

1934年11月,红军第二十五军离开鄂豫皖革命根据地长征后,

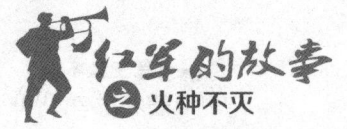

留在当地坚持斗争的红军第二一八团、鄂东北独立团，于1935年2月被合编为红军第二十八军，中共鄂豫皖省委常委、皖西北道委书记高敬亭任军政治委员，共1300余人。此后，红二十八军广泛开展游击战争，其游击活动范围最大时东至合肥、庐江，西至光化、钟祥，南至孝感、黄陂、黄冈、宿松、广济、望江，北至唐河、确山、潢川、固始、霍邱，扩展到近50个县境，先后取得了桃岭、桃花山、王园、花凉亭等战斗的胜利，粉碎了国民党军的反复"清剿"，歼灭和击溃国民党军17个营。红八十二师师长罗成云、政治委员方永乐在战斗中牺牲。至1937年10月，红二十八军和游击队发展到2000余人。

鄂豫边游击区

1936年1月，中共鄂豫边省委组建了一支红军游击队，在信阳、确山县境活动。同年春，省委书记张星江牺牲后，游击队分散活动于信阳、唐河、驻马店地区。9月，王国华继任省委书记，领导游击队在确山、信阳、桐柏、唐河、泌阳等县境内开展游击活动。至抗日战争全面爆发后，这支红军游击队发展到1000余人。

琼崖游击区

1932年冬，琼崖革命根据地被国民党军占领，红军独立师受到严重损失。中共琼崖特别委员会书记冯白驹率领20余人在母瑞山坚持斗争。1933年夏，红军游击队从母瑞山突围后，即分散在农村进行活动。1936年后，琼崖苏维埃政府和琼山、文昌、琼东、澄迈、临高等县苏维埃政府相继恢复。至抗日战争全面爆发后，这支红军游击队发展到300余人。

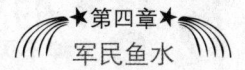

第四章　军民鱼水

陈毅在《赣南游击词》中深情地写道:"靠人民,支援永不忘。他是重生亲父母,我是斗争好儿郎。革命强中强。"简单几句话,却道出了红军游击队同人民群众的血肉联系,以及人民群众对红军游击队的无限恩情。

如果说红军游击队是鱼,那么人民群众就是滋养他们的水。军民鱼水,你中有我,我中有你,心连着心,彼此牵挂。在极端艰苦的南方三年游击战争时期,敌人总是想尽一切办法,采取一切手段,想要把游击区群众与红军游击队分离开来,使红军游击队得不到群众的帮助和支持,进而被困死、饿死。然而,无论敌人使出何种残暴卑劣的手段,都割不断游击区群众与红军游击队的联系。游击区群众总是冒着生命危险,想尽一切办法支援红军。正是有了广大人民群众的支持和帮助,红军游击队才得以克服重重困难,坚持斗争。可以说,没有人民群众,就不会有三年游击战争的胜利,更不会有后来驰骋大江南北抵御日寇的新四军。正如陈毅元帅后来回顾三年游击战争时曾说的那样:"当时我们的全部地盘就是这么几个'岛子',但是我们有着浩瀚的'海洋'作依托,那便是广大的人民群众。在那样艰苦残酷的长期斗争中,没有人民的积极支持,没有与人民群众生死与共的团结,要想坚持下来是不可能的。"

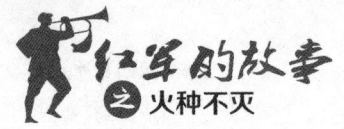

人民支援永不忘

人民群众的智慧是无穷无尽的，为了支援被敌人围困的红军游击队，游击区的群众可以说是想尽了一切办法，使得敌人防不胜防。刚开始时，敌人采取移民并村的方法，让山里的群众都搬到山外，企图以此把红军游击队孤立在山上。想到山上的红军缺衣少粮，群众心急如焚，于是他们就一起去找国民党军闹，要求国民党军解决他们的生计问题。这么多张嘴要吃饭，敌人不能不顾及，但又不肯自己掏腰包养活老百姓，只得同意定期开放"山禁"，让山民进山砍柴种地。进山的群众就悄悄地把大米、食盐、腊肉、火柴等生活必需品带进山里。他们把带上山的东西藏好后，就通过唱山歌的方式隐晦地通知红军游击队藏东西的地方。到了晚上，红军游击队就根据群众的提示，把他们藏的东西取出来。

后来，敌人发现群众在暗地里接济游击队，就在进山的路口设立了重重关卡，对上山的群众进行一次又一次的搜查和盘问。在这种情况下，聪明的群众又先后使用各种方法为游击队输送物资："串担"装米、装盐，即把竹扁担内的竹节捣通，装进大米或者食盐带上山；"双层桶"装米，即把容易被敌人忽视的挑粪的木桶改装成两层，底层放大米、蔬菜，上层则装上臭气熏天的粪便作掩护。更有群众，为了躲过敌人越来越严格的盘查，把自己的衣服浸满高浓度的盐水穿在身上，带进山让游击队晒成盐巴。在大柏地乌溪，地下党和群众把大米放进棺木里，假装送葬，披麻戴孝，吹吹打打，把粮食抬上山。有的据点里的群众无法外出，就把粮食和盐包在破布里，趁着深夜用绳子吊挂在围墙外，等待红军游击队员来取。由于敌人对游击区的百姓采取"计口售粮"和"计口售盐"的恶毒手段,为了省下粮食和食盐支援红军游击队,游击区的百姓宁愿自己挖野菜,吃地瓜,很多家庭更是一天只吃两顿饭。更有一些群众为了省下食盐给红军,而全家人都得了水肿病。就这样,可亲可敬的人民群众硬是从自己的牙缝里,为红军省下了救命粮。

正是人民群众的无私支援,才使得敌人"困死红军、淡死红军、饿死红军"的"三死"政策彻底破产。红军游击队虽然被困在山里,但是有了群众的支持和帮助,人员伤亡降到了最低。

★南方游击区部分负责人合影

革命好嫂子周篮

在江西省大庾县彭坑这个四面环山、竹林环抱的小山村里,有一个独门独户的毛坯小院子,院子里住着一对淳朴忠厚的夫妇和他们的8个孩子。这个院子的女主人叫周三娣,她3岁时就因家境贫苦当了童养媳。艰苦的生活使她的面容变得憔悴,但磨炼出了她像松柏一般坚毅、刚强的性格。

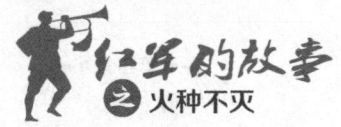

就是这么一位整天忙于烦琐的家务和农活、为养活家人而疲于奔命的底层农村妇女却懂得许多革命道理。

早在 1928 年,她就参加了当地党组织领导的农民运动。在之后的革命岁月里,她经常给红军送饭、买东西,给红军当地下交通员。1935 年冬天,接连几场大雪给隐藏在附近山上的红军游击队造成了很大困扰,由于敌人的封锁,游击队好几次想派人下山找粮食都无功而返。看着窗外山上的皑皑白雪,想到山上红军忍饥受冻的境况,周三娣心急如焚。她顾不上危险,用干粮袋装满大米并向邻居借了一口锅和一些木炭。在一个寒冷的雪夜,她让丈夫引开敌人的哨兵,自己背着东西悄悄地跑上了山。看着面前这位被寒风吹得脸庞通红、瑟瑟发抖的小脚女子和她脚下的大米、锅和木炭,游击队员们的双眼都噙满了泪水。他们激动地握住她的手,异口同声地称赞她是"革命的好嫂子"。

1936 年春天,陈毅途经彭坑时听说了周三娣的事迹,十分敬佩这位农村妇女,特意来到她家看望,还命人在她家的后山上搭了一个茅棚,作为他们的一个联络站,他和陈丕显都经常到那里去。端午节的时候,正赶上陈毅和游击队员们转战到这里,周三娣早早地起来包了许多粽子装在竹篮子里,冒着大雨给住在后山茅棚里的陈毅等人送去。看见她冒雨送来这些充满革命情谊的粽子,游击队员们都热情地围了上去,左一个"大嫂"、右一个"大嫂"地叫个不停。陈毅也走上前感动地对她说:

★ 周篮嫂送饭的小道

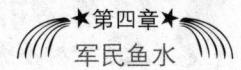

"大嫂，我们总是得到你的照顾，在你这儿住了这么久，我们还不知道你的大名呢！"身边的警卫员也跟着说："是呀，大嫂，你这么照顾我们，请把名字告诉我们，等将来革命胜利了，我们也好来看你呀！"

"农村女子，哪有什么名呀。我小名三娣，姓周，就叫我周三娣吧。"她笑着回答道。

听了她的话，陈毅风趣地说："闹革命嘛，男女平等，你该有个名字啰！"

"好是好，只是我没文化，你给我取个名字吧。"陈毅的话让她一下子兴奋起来。这么多年了，她也要有自己的名字了。

陈毅想了想，爽朗地笑道："这样好吧，大嫂天天给我们送饭、买东西，手里总少不了一只篮子，就叫周篮吧！"

大家都赞同道："这个名字好，很有纪念意义。"周三娣也觉得不错，她开心地一边点头一边说："那以后我就叫这个名字了。"

从此以后，"周篮"就成了她的大名。游击队员们也都开始亲切地叫她"周篮嫂"。

对于周篮嫂的恩情，陈毅一直铭记在心。1936年8月，陈毅的腿伤复发了。这还是在第五次反"围剿"的老营盘战斗中负的伤，红军主力长征之后，由于缺乏药品再加上长期钻山林子，伤口一直未能痊愈。这一次，陈毅的大腿因伤口发炎感染，肿的像个大冬瓜一样，行动不便而且疼痛难忍。由于山上的草棚潮湿阴冷，再加上部队随时都有可能因敌情而转移，所以游击队决定让陈毅下山隐藏到周篮嫂家里好好养伤。陈毅来后，周篮嫂一家热情地接待了他，还把他隐藏在了存放粮食和农具的阁楼上。

由于没有消炎药品，陈毅的伤口肿胀得日益严重。看着疼得直冒汗，却一直宽慰他们说"没什么大碍，养几天就好了"的"大老刘"（陈毅的化

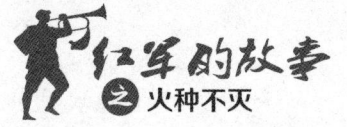

名），周篮嫂心里很着急。她上山采了一些草药，熬成大桶大桶的药水为陈毅熏洗腿上的伤口，然后又用草药外敷在伤口处。就这样，经过几天的熏洗和外敷之后，陈毅的伤口奇迹般地开始慢慢愈合，大腿也慢慢地消肿了。看着自己的伤在周篮用土方法治疗下一天天地好转，陈毅高兴地说："周篮嫂，你比医生还厉害啰。你没用一滴红汞、一块纱布，就把我的腿治好了。"周篮嫂不好意思地笑着答道："其实，我也是没办法试着干的。"

在陈毅养伤期间，国民党兵时不时地就会来村里搜查。为了保障陈毅的安全，周篮嫂时刻保持着高度的警惕，密切关注着村子周围的一切动静。一天傍晚，陈毅正坐在屋后的一棵树下看书，警卫员坐在他旁边摆弄着手里的驳壳枪，周篮嫂在门外的一条水沟旁边洗衣服边放哨。突然，她发现一群国民党兵进村来搜查，眼看就要到她家门口了。情况万分紧急，这时跑回家去通知肯定会引起敌人的警觉，而且也已经来不及了。急中生智的她随手在地上捡起几块石头，冲着拴在门前的一头猪扔去，一边扔还一边冲着门大声叱骂："你这只瘟猪仔，还不赶紧回家，士兵老爷来了，不走就会一枪打死你！"陈毅他们一听到周篮嫂的叫骂声就知道是敌人来了，赶紧上山躲进了竹林里。敌人在周篮嫂的家搜查一番却什么也没找到，只好垂头丧气地走了。天黑之后，从山上回来的陈毅对周篮嫂竖起大拇指，说道："大嫂，你真有办法，当得一个诸葛亮啰！"

3年里，陈毅他们经常在周篮嫂家落脚，跟这一家人建立了深厚的革命友谊。周篮嫂也早已把红军游击队员们看成了自己的家人，经常为红军游击队送去油、盐、菜和大米，还想尽办法帮游击队购买火柴、电池等生活必需品。她们家也渐渐地成了红军游击队的一个地下交通联络站，而她则当起了智勇双全的地下交通员。

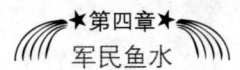

新中国成立后，陈毅、陈丕显、杨尚奎等老一辈革命家一直都没有忘记当年和他们并肩战斗、为支持和掩护游击队做出过很大贡献的周篮嫂。1962年，陈毅、陈丕显专门宴请了来北京开会的大庾县的领导，询问周篮嫂的情况。后来，周篮嫂以老区人大代表的身份到北京参加会议途经上海时，时任上海市委书记的陈丕显特意安排时间会见了这位可敬的大嫂。就像陈毅等老一辈革命家永远不会忘记她一样，周篮嫂也始终惦念着他们，后来，即使是在临终前的病床上，她还时不时地拿出当年陈毅送给她的一张照片，久久地盯着。想必那时，她眼前浮现的一定是自己当年与红军游击队一起共患难的情景，以及游击队员们那一张张可爱而又熟悉的笑脸。

闽西儿女舍命保红军

在艰苦的南方三年游击战争中，人民群众不仅冒着生命危险给红军游击队送吃的，还想尽一切办法保护和掩护红军游击队，甚至不惜牺牲自己的生命。

闽西著名女英烈陈客嫲是龙岩县东肖区隘头村人，丈夫早逝，她独自一人拉扯着孩子，生活极其贫困。红军来了之后，打土豪、分田地，贫苦的她终于有了自己的土地，生活也有了希望和盼头。为了让更多的穷人都能有自己的土地，她毅然决然地把自己唯一的儿子送去参加红军。红军长征之后，她自愿当起了红军游击队的革命接头户，为红军传递消息、监视敌人动向，还多次

★陈客嫲

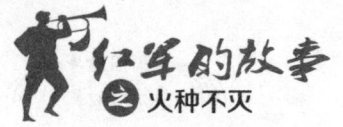

冒着生命危险给红军游击队送粮、送药。

1935年夏季的一天,闽西军政委员会的几名同志从山上下来了解敌情,在陈客嫲家召开碰头会。为了防止敌人突然袭击,保证红军首长的安全,陈客嫲假借在家门口缝补衣裳,秘密地给红军站岗放哨。会议正在进行的时候,她突然听到村口方向有人在叫喊:"牛吃麦子啦!牛吃麦子啦!"随后村里的大人小孩也都喊了起来,喊声一声接着一声,从村头一直延续到村内。原来这喊声是村民们提早就约好的暗号,一旦有人发现敌人接近村子,就立马叫喊这个暗号。但是敌人行动很快,等暗语传到陈客嫲这里时,敌人的先头部队已经闯进了村子。她一看情况紧急,报警已来不及了,就急中生智一边冲着屋里大喊:"牛吃麦子啦!",一边故作慌张地向旁边的空房子跑去。由于早已发现了这几名同志的行踪,狡猾的敌人似乎明白了村民们的意图。离陈客嫲家不远处的一伙敌人见状,连忙尾随她来到了空房子,并迅速包围了这个房子。就在敌人悄悄向空房子摸去的时候,闽西军政委员会的同志立即从后门撤上了山,安全脱险。发现上当后,气急败坏的敌人抓走了陈客嫲。

为了问出有关红军的消息,敌人对陈客嫲百般折磨。敌人将她捆在木柱上,用皮鞭恶狠狠地抽打这个羸弱的农村妇女。"老实交代红军游击队藏哪儿了,不说就打死你。"凶残的敌人一边用鞭子在她身上抽出一条条鲜红的血痕,一边对她大声叫嚷着。在残暴的敌人面前,陈客嫲咬紧牙关硬是不说一句话。额头上的汗水流下来与她咬破的嘴唇淌出的鲜血交织在一起。她一次次地疼昏过去,又一次次地被敌人用凉水泼醒,就是一声不吭。她把嘴里的鲜血吐向敌人,痛斥这些惨无人道的刽子手:"你们这些白狗子,休想从我这儿得到红军的消息。我不怕死,只要红军在就会为我报仇。"气急败坏的敌人把她拉到村外,残忍地枪杀了这位坚贞不屈、视死如归的伟

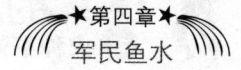

大女性。

　　三年游击战争时期,在闽西游击区乃至整个南方八省游击区内,像陈客嫲这样为了掩护红军舍生忘死的群众还有很多。例如,开国少将刘永生的母亲何细妹;为掩护红军撤退,把敌人引开被敌人杀害的戴五嫂;穿越敌人封锁线为红军游击队送信被敌人抓住后,面对敌人酷刑毫不畏惧,坚定地喊出"要杀就杀!为了游击队,我心甘情愿!"的刘细娣;面对敌人的"搜剿",为了不暴露游击队行踪而强忍悲痛用手捂住怀中啼哭的小儿子,导致其窒息而死的曾一山;还有为掩护红军遭敌人残忍杀害的闽西14岁少年黄章太;等等。这些平凡的人民群众,用他们的鲜血和生命谱写了一首首可歌可泣、光照千秋的壮丽诗篇。在那段峥嵘岁月里,有太多足以让山河大地为之动容的感人故事,有太多值得我们永远怀念的平凡而伟大的生命。正是有了这些在敌人的屠刀之下毫不畏惧、不屈不挠的革命群众的支持和掩护,我们的党、我们的红军游击队才能在如此艰苦、危险的境遇之下,不仅没被敌人消灭,反而不断地发展壮大。正如项英在1937年12月给中央的报告中总结的那样:"敌人用残酷的压迫手段使群众害怕,不敢接近我们,可是敌人的一切都归于失败。所以我们能在敌人附近驻,能在道路旁驻,看见敌人通过,能在对面看见敌人抄山。敌人完全是瞎子、是聋子,我们有千里眼,有顺风耳。群众的拥护与参加,是我们战胜敌人的最基本力量,使我们的敌人不得不最后向我们屈服。"群众"爱护我们与他们自己一样,宁可牺牲自己的财产性命,也决不愿使我们遭敌人消灭和打击"。"没有群众的拥护和参加,就不能进行坚持的游击战争,群众是我们游击战争的基础。"

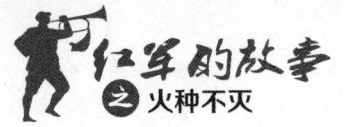

各族同胞齐抗争

红军长征途中,刘伯承与彝族首领小叶丹歃血为盟的故事可谓是家喻户晓,成为我军历史上一段极富传奇色彩的佳话。三年游击战争时期,南方游击区的各少数民族同胞与红军游击队同呼吸、共命运,在敌人的残酷迫害下共同坚持抗争,留下了一段段彪炳史册的传奇。

在闽东地区,生活着一个人口不足20万的少数民族——畲族。因为他们大都散居在太姥山脉和鹫峰山脉绵延数百里的崇山峻岭中,所以他们也称自己为"山民"。然而就是这样一个人数不多的少数民族,在三年游击战争时期约有5000名党员、干部、战士、群众牺牲于敌人的屠刀之下。1938年,闽东红军游击队被改编成新四军并北上抗日,1300多人的队伍里有超过200人的畲族子弟。由此,我们也可以窥见畲族同胞对中国革命的巨大贡献。

生活在闽东大山中的畲族同胞在旧社会被反动派认为是未开化的野人,受尽歧视和凌辱。共产党领导下的闽东红色政权建立后,贯彻和执行各民族平等、团结的民族政策,给予了他们充分的尊重,消灭了他们遭受的种种压迫,并大力在畲族同胞中开展革命宣传和组织工作,使得畲族同胞慢慢地开始相信中国共产党,相信红军。在党的感召下,一大批进步的畲族群众入了党,参加了红军游击队。红军主力长征以后,面对敌人的血腥屠杀和疯狂"清剿",勇敢的畲族同胞毫不退缩,与红军游击队一起进行了不屈不挠的斗争。1935年冬,国民党企图将霞浦县五斗村、龙虎岗等地的畲族群众并入福安县,妄想以此断绝群众与红军游击队的联系。敌人的这一阴谋遭到了畲族群众的一致抵制,不管敌人使出什么手段,他们就是不走。

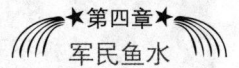

为了打击敌人的"移民"阴谋，五斗村的50多名畲族群众在山上自发地组织起游击队，同进村的敌人斗争。他们还经常三五人一组，分散到敌人驻地张贴革命标语，打击反动地主。为了支援红军游击队，许多畲

★闽东畲族革命纪念馆

族村落都建立了"土豪厂"，专门暗地里逮捕、关押土豪劣绅，逼迫他们拿出粮款，帮助红军游击队渡过难关。在残酷的斗争中，虽然很多畲族村落都被敌人烧抢得面目全非，但无私的畲族人民还是千方百计地设法支援红军。例如五斗村，前前后后被敌人烧了5次，最后连厕所、牛棚都不剩一间了，但即使是在这种情况下，该村的畲族同胞还是一次又一次地从废墟中爬起来，搭起简易的木草房，把省下的粮食藏在竹杠里或者草灰、地瓜藤中送给游击队。

从1936年10月到1937年2月，为了找到红军闽东独立师设在竹洲山和屏峰山上的后方医院及修枪厂，在短短不到4个月的时间里，敌人竟先后3次焚烧了山上的6个畲族村庄。叶飞在回忆录中说："敌人抓住雷银弟等8位老人和妇女，逼问他们红军医院和修枪厂的所在，结果只得到'不知道'3个字。敌人烧了他们的4栋房屋，还用马刀砍头相威胁，捞到的仍是'不知道'3个字。敌人以更大兵力合围竹洲山，枪杀了村苏维埃主席雷良俊同志，烧毁全部茅屋，把躲避在山林里的畲族同胞赶下山，实行并村，编保甲，订连坐。可是畲族党员雷成波等同志仍然活跃在怪石嶙峋、灌木

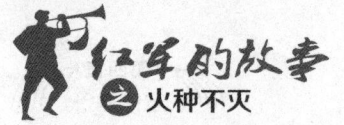

丛生的群山之中，掩护着红军后方医院和修枪厂。"在最困难的日子里，畲族同胞始终与红军一条心，给了红军游击队极大的支持与帮助，为中国革命做出了很大的贡献，也做出了伟大的牺牲。

在琼崖游击区，具有光荣革命传统的黎族、苗族同胞也同样在革命低潮中与敌人展开了不屈不挠的斗争。在母瑞山，面对凶残的敌人和层层严密封锁，黎族、苗族同胞冒着生命危险给反"围剿"失败后被困山中坚持斗争的琼崖特委及红军送粮食、传信息，给被敌人围困在山中的红军以生的希望。在陵水县黎族、苗族、汉族混居的仲田岭革命老区，面对反动政府的盘剥和反动军队的肆意烧杀，30多名黎族青年自发地组织起赤卫队。他们用弓箭、砍刀这些最原始的武器，在深山密林中与敌人进行顽强的斗争，先后打退了几百名敌人的数十次进攻，有力地配合了红军游击队在母瑞山的斗争。在尖峰岭，也正是因为有了当地黎族、苗族同胞的大力支持和帮助，新成立的红五连才得以迅速建立新的游击根据地。在敌人的重兵打击下，同样是依靠当地少数民族同胞的掩护，红五连才得以顺利地分散隐蔽，转入地下斗争。

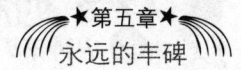

第五章　永远的丰碑

"假如明天我消失在林莽，请用你多情的那道目光，替我看看天边升起的朝阳。为了明天世界变得不一样，我们燃烧生命光芒，也要红旗永远飘扬。为了人间幸福理想，再多苦难也慨然承当。"正如这首歌词写的那样，在艰苦的三年游击战争中，为了让红旗永远地飘扬在祖国的南方，千千万万的革命先烈燃尽了生命。他们或在枪林弹雨中浴血战斗，血染沙场；或在敌人的刑场上坚贞不屈，视死如归，为革命流尽最后一滴血。虽然他们再也看不到第二天的朝阳，但他们用自己的牺牲捍卫了为人民谋幸福的理想。不管岁月如何流逝，他们都将是中华民族历史上永远的丰碑。

"带镣长街行，志气愈轩昂"——刘伯坚

"带镣长街行，蹒跚复蹒跚，市人争瞩目，我心无愧怍。带镣长街行，镣声何铿锵，市人皆惊讶，我心自安详。带镣长街行，志气愈轩昂，拼作阶下囚，工农齐解放。"这首《带镣行》，是著名革命烈士刘伯坚在英勇就义前写下的绝笔。

刘伯坚，原名刘永福，1895年生于四川平昌县一个开栈房的小商业者家庭。他聪明好学，靠家中借贷到巴中县上中学，后又考入万县的川东师范学堂、成都高等师范学校（今四川大学的前身）。他从小目睹民众苦难，

红军的故事 之 火种不灭

★刘伯坚

又在校内受到五四运动的影响,产生了朴素的民主主义思想。他以才华出众闻名于川北高原,府尹一度要请他当秘书并要任命他为县长。刘伯坚却不愿就这个"肥缺",为了留法勤工俭学,他于1920年赴欧,先到比利时,后到巴黎,一边做工一边学习。这期间,他阅读了大量马克思主义的经典著作,认真研究俄国十月革命的经验。

1921年,他与周恩来、赵世炎、陈延年、李富春、李维汉等人发起组织"旅欧中国少年共产党"。1922年,他转为中国共产党党员,先后任中共旅比(利时)支部书记、中共旅欧总支部书记。1923年,刘伯坚进入莫斯科东方劳动者共产主义大学学习,因待人和蔼及处理问题老成持重,被中国留学生推举任中共旅莫(斯科)支部书记达3年之久。

1926年刘伯坚回国,遵照中共中央指示到冯玉祥部任国民军第二集团军(即原西北军)总政治部副部长,推动冯玉祥部接受第一次国共合作的纲领和"联俄、联共、扶助农工"的三大政策,举行了著名的"五原誓师",配合南方国民革命军进行推翻北洋军阀统治的北伐战争。在此期间,刘伯坚同国民军第二集团军上层人物建立了很好的统战关系,还积极地用革命思想改造这支从军阀阵营中分裂出来的部队。

1927年夏,大革命失败后,冯玉祥投向国民党。刘伯坚被迫离开冯部,先后从武汉到上海从事党的秘密工作,曾任中共湖北省委组织部部长,江苏省委常委、宣传部部长。1928年,他再次被党派往苏联,先后在莫斯科军政大学和伏龙芝军事学院学习军事。同年,出席了在莫斯科召开的中共第六次全国代表大会。

　　1930年下半年，刘伯坚结束了在苏联的学习，回国后从上海转道江西，到中央苏区工作。他先后担任中央军事政治学校政治部主任、中革军委秘书长、中革军委总政治部宣传部副部长、中华苏维埃共和国中央执行委员会委员，参加了中央革命根据地历次反"围剿"斗争。

　　1931年底，在中革军委的领导下，刘伯坚参与国民党第二十六路军宁都起义的组织、策划和联络工作，最终该部1.7万人在宁都举行起义并被编为红五军团。随后，他担任红五军团政治部主任。按照党中央和中革军委的要求，刘伯坚等在红五军团建立起党的组织，按照红军的建军原则对部队实施革命的政治教育和多方面的政治工作，使这支起义部队很快成长为红军的一支劲旅。

　　1934年10月，中央红军主力出发长征，刘伯坚奉命留在中央苏区坚持斗争，任赣南军区政治部主任。他积极组织留守部队在于都河多处架桥，为主力部队做好后勤保障工作，护送中央红军主力渡河长征。新中国成立后，叶剑英曾赋诗怀念当年与刘伯坚在于都河的惜别之情："红军抗日事长征，夜渡于都溅溅鸣。梁上伯坚来击筑，荆卿豪气渐离情。"

　　1935年3月4日，兵力上占绝对优势的国民党部队，将中共赣南省委、省军区2000余人重重包围于江西信丰县唐村山区。率队突围的刘伯坚，在激烈的战斗中身中数弹，不幸负伤被捕。国民党粤军第一军军部将这位红军高官囚禁在江西省大庾监狱。3月11日，国民党反动派欲用刘伯坚的被俘来恐吓革命群众，押着他从县城热闹的青菜街走过。刘伯坚虽身负重伤，脚上又戴着沉重的镣铐，可是他面带微笑，昂首挺胸，威武凛然地走在大街上，频频地向两旁的群众点头致意，表现出共产党员宁死不屈的英雄气概。这天晚上，这位上马可杀敌、下马可吟诗的红军悍将，在狱中写下了

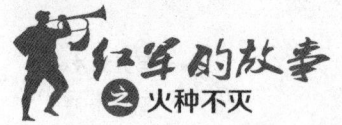

气壮山河的千古绝唱《带镣行》。

在被囚的10余天中,刘伯坚视死如归,仍与敌人进行不屈不挠的斗争。3月16日,他给亲属写下了遗书,内容如下:

凤笙大嫂并转五六诸兄嫂:

本月初在唐村写寄给你们的信,绝命词及给虎、豹、熊诸幼儿的遗嘱,由大庾县邮局寄出,不知已否收到?

弟不意现在尚留人间,被押在大庾粤军第一军军部,以后结果怎样,尚不可知,弟准备牺牲,生是为中国,死是为中国,一切听之而已。

现有两事须要告诉你们,请注意!

一、你们接我前信后必然要悲恸失常,必然要想方法来营救我。这对于我都不须要,你们千万不要去找于先生及邓宝珊兄来营救我。于、邓虽然同我个人的感情虽好,我在国外叔振在沪时还承他们殷殷照顾,并关注我不要在革命中犯危险,但我为中国民族争生存、争解放,与他们走的道路不同。在沪晤面时邓对我表同情,于说我所做的事情太早。我为救中国而犯危险,遭损害,不需要找他们来营救我,帮助我,使他们为难。我自己甘心忍受,尤其需要把我这件小事秘密起来,不要在北方张扬……这对于我丝毫没有好处,而只是对我增加无限的侮辱,丧失革命者的人格。至要至嘱(知道的人多了就非常不好)。

二、熊儿生后一月,即寄养福建新泉芷溪黄荫胡家,豹儿今年寄养在往来瑞金、会昌、雩都、赣州这一条河的一只商船上,有一吉安人罗高廿余岁,裁缝出身,携带豹儿。船老板是瑞金武阳围的人,叫赖宏达。有五十多岁,撑了几十年的船,人很老实,赣州的商人多半认识他。他的老板娘叫郭贱姑,他的儿子叫赖连章(记不清楚了),媳妇叫做梁照娣。他们

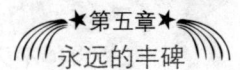

一家人都很爱豹儿，故我寄交他们抚育。因我无钱，只给了几个月的生活费，你们今年以内派人去找着，还不至于饿死。

我为中国革命没有一文钱的私产，把三个幼儿的养育都要累着诸兄嫂。我四川的家听说久已破产，又被抄没过，人口死亡殆尽，我已八年不通信了。为着中国民族就为不了家和个人，诸兄嫂明达当能了解，不致说弟这一生穷苦，是没有用处。

从这封遗书中可以看到，刘伯坚为了维护党的声誉，希望自己的亲人不要把自己被捕的事扩散出去，反映了他在原则问题上的毫不妥协和在任何情况下都以党和人民的利益为重的崇高品质。

3月20日，国民党军法处长问他："你还有什么后事？"刘伯坚回答："有！第一，写家书一封叫我的子孙后代革命到底！第二，死后要把我葬身于梅关！"军法处长叫人送上纸笔，刘伯坚挥笔给妻子写道：

叔振同志：

我的绝命书及遗嘱，你必能见着，我直寄陕西凤笙及五六诸兄嫂。

你不要伤心，望你无论如何要为中国革命努力，不要脱离革命战线，并要尽一切力量教养虎、豹、熊三幼儿成人，继续我的光荣的事业。

我葬在大庾梅关附近。

十二时快到了，就要上杀场，不能再写了。致以最后革命的敬礼！

1935年3月21日，刘伯坚大义凛然、视死如归，高呼着"中国共产党万岁"的口号，壮烈牺牲在江西省大庾县金莲山刑场，时年40岁。

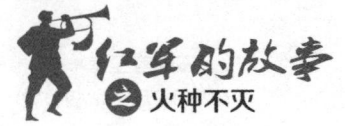

"枉抛心力作英雄","黄昏已近夕阳红"——瞿秋白

1935年6月,福建长汀罗汉岭下站满了荷枪实弹的国民党军队,他们的枪口都对准一个文弱书生模样的人,但这位书生手夹香烟,顾盼自若,选了一块草坪盘膝而坐,对那帮刽子手微微点头说:"此地很好,就在这里,你们开枪吧!"

这个看似文弱却在死亡面前毫无畏惧的书生,就是中国现代革命思想家——瞿秋白。

瞿秋白,原名瞿双,字秋白,后以字行,1899年生于江苏常州。中国共产党早期主要领导人之一,伟大的马克思主义者,卓越的无产阶级革命家、理论家和宣传家,中国革命文学事业的重要奠基者之一。

1917年9月,瞿秋白考入北洋政府外交部办的俄文专修馆读书。五四运动爆发后,他以极大的热情投入北京爱国学生运动,被选为专修馆学生总代表,参加北京大中学校学生联合会,成为北京学生爱国运动的领导人之一。1920年初,他参加了李大钊组织的马克思学说研究会。

★瞿秋白

1920年10月,瞿秋白以《晨报》记者身份旅苏采访考察,先后撰写了《共产主义人间化》《苏维埃俄罗斯经济问题》等50篇通讯报道和专论,计20余万字。此外,还撰写了《俄乡纪程》《赤都心史》《俄国议学史》《俄国革命记》等

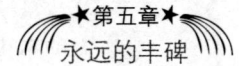

专著。他在书中真实而全面地反映了苏联当时的状况,热情地歌颂了俄国十月革命和马克思列宁主义。他用大量不可辩驳的事实表明俄国正在发生深刻的伟大变革:苏维埃政府一方面采取各种有力的革命手段清除历史留下的污泥浊水,改造社会;另一方面又以最大的人力和物力抗击外国帝国主义的武装干涉,平定国内的白匪叛乱。瞿秋白广征博引各种文件、报告和著述,扼要而全面地论述社会主义革命的性质、任务以及马克思列宁主义的基本理论,以此告诉中国人民,俄国"十月革命是二十世纪历史事业之第一步",莫斯科已成为全世界无产阶级"心海中的灯塔"。他的这一系列文章在当时的中国起到了振聋发聩的作用,让中国读者见到了人类的曙光,从而激励无数有志之士向往俄国,信仰马克思主义,以苏维埃俄国的今天为中国的明天,并为实现这一美好的未来而投身于实际的革命斗争中去。1921年5月,经张太雷介绍,瞿秋白在莫斯科加入联共(布)党组织;1922年2月,转为中国共产党党员。当时,他还担任莫斯科东方劳动者共产主义大学中国班教员,在中国班学习的有刘少奇、罗亦农、任弼时、萧劲光等人。

1923年6月,瞿秋白参加中共第三次全国代表大会,坚持了国共合作的正确意见,为大会起草了党的纲领草案并在会上就草案作了说明,被大会选为中央候补委员,负责宣传工作。

1923年底,瞿秋白担任孙中山最高政治顾问鲍罗廷的助手和翻译,参与草拟国民党第一次代表大会的宣言草案。1924年1月,在中国国民党第一次代表大会上,瞿秋白当选为国民党中央候补执行委员;同年7月16日又因谭平山辞职而递补为国民党中央政治委员会委员,为推进国共合作、发动北伐战争和反对国民党右派进攻做出了卓越贡献。1925年1月,瞿秋白参加了中共第四次全国代表大会的领导工作,担任了大会政治决议草案

审查小组组长。会上,瞿秋白继续当选为中央委员并成为中央局成员,与蔡和森一起任宣传委员,负责主编《向导》。1925年"五卅惨案"发生后,瞿秋白同陈独秀等人领导了五卅运动这一震动中外的反帝爱国运动。

从1923年1月回国到1927年7月的这段时间里,瞿秋白负责主编党的理论刊物——《新青年》,又负责编辑《向导》《前锋》两个刊物,还承担了国民党机关报《民国日报》的编辑和撰稿。在五卅运动中,他又创办了中国共产党第一份日报《热血日报》。同年9月11日,瞿秋白在《向导》上发表了一篇重要论文《五卅运动中之国民革命与阶级斗争》,阐述了民族斗争与阶级斗争的关系。同时,他还针对戴季陶在1925年7月发表的《国民革命与中国国民党》一文,撰写了《中国国民革命与戴季陶主义》等多篇文章加以批判。他在这些文章中宣传了中国共产党的民主革命纲领和党在各个时期的政治主张,揭露帝国主义的血腥罪行和军阀政府的黑暗统治,批判了各种错误的思潮,及时给工农群众指明斗争方向。

1927年2月,瞿秋白参与策划了上海工人武装起义。4月,在中共第五次全国代表大会上,他批评了陈独秀的右倾错误,并担任了中央政治局常委。8月7日,瞿秋白在汉口俄租界三教街41号(今汉口鄱阳街139号)主持召开中共中央紧急会议,史称"八七会议"。会议通过了由瞿秋白起草的《告全党党员书》,决定在湘、鄂、赣、粤4省发动秋收起义。此次会议结束了陈独秀右倾机会主义在党内的统治,选举产生了以瞿秋白为首的新的临时中央政治局,确立了土地革命和武装反抗国民党反动统治的总方针。这次会议在革命危急关头,将打散了的队伍重新组织起来,使中国革命完成了由国民革命到土地革命的重大转折。八七会议以后,在以瞿秋白为首的临时中央政治局的策划组织下,全国各地爆发了100多次武装起义,中国革命从此走上了创建农村革命根据地的道路。

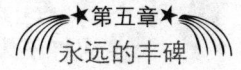

1928年6月，瞿秋白赴莫斯科出席中国共产党第六次全国代表大会，随即参加共产国际"六大"，会后留在莫斯科担任中国共产党驻共产国际的代表团团长。在莫斯科期间，他虽然健康状况不佳，但每天坚持工作10个小时以上，还十分关注国内的革命斗争。1930年7月，他回国主持中共六届三中全会，纠正了李立三"左"倾冒险错误。在1931年1月上海召开的中共六届四中全会上，瞿秋白受到王明等人的错误批判，被解除中央领导职务。

瞿秋白被排挤出中央领导机构后并没有停止革命斗争，他随即在上海同鲁迅一起领导左翼文化战线的斗争，致力于译介马克思主义文艺理论，从事文艺批评、杂文创作和文字改革研究。瞿秋白以他的马克思主义文艺理论水平和在文学艺术上的造诣，从思想路线上指导了20世纪30年代的左翼文学运动，成为中国革命文学事业的奠基者和开拓者之一。

1934年初，瞿秋白进入中央革命根据地，在第二次苏维埃共和国工农兵代表大会上当选为中华苏维埃共和国中央执行委员会委员、人民教育委员会委员、中华苏维埃共和国中央政府教育部部长等职，同时兼任苏维埃大学校长和《红色中华》报社社长兼主编。

1934年10月，中央红军开始撤离苏区，瞿秋白由于身患肺病，与何叔衡、邓子恢等奉命留在中央革命根据地坚持游击战争，并担任中共苏区中央分局宣传部部长。苏区在国民党军队的疯狂进攻下，形势非常危险，中央分局决定将瞿秋白、何叔衡、邓子恢等转移出去。1935年初，项英（时任中央军区司令员兼政委）根据陈毅（时任中华苏维埃共和国中央政府办事处主任）的建议，决定疏散留下的负责干部，送瞿秋白转道香港去上海就医。1935年2月11日，瞿秋白一行从瑞金九堡附近启程前往福建，准备转道广东到香港或去上海。2月24日，他们到达福建长汀县水口镇小迳村牛庄岭附近时，瞿秋白被保安第十四团钟绍葵部俘获。26日，被押至上杭。

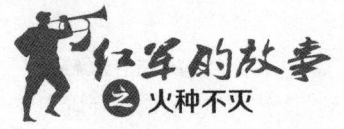

5月9日，瞿秋白被押解到长汀县，被囚于国民党第三十六师师部。在狱中敌人威逼利诱他投降就范，但他坚决拒绝，并在狱中宣传"中国共产党的胜利，就是国家前途的光明"。6月18日，国民党宣布枪决令，瞿秋白视死如归地说："人生有小休息，也有大休息，今后我要大休息了。"他挥笔写下绝笔诗："夕阳明灭乱山中，落叶寒泉听不穷。已忍伶俜十年事，心持半偈万缘空。"然后坦然走向刑场，沿途用俄语高唱《国际歌》《红军歌》。到刑场后，他高呼"中国共产党万岁""共产主义万岁"等口号，在长汀县城西门罗汉岭英勇就义。

瞿秋白的一生，疾病缠身，日常事务繁重，但他知识渊博，才华横溢，拼命工作，留下了大量的著作，其中许多重要作品被收入《瞿秋白选集》《瞿秋白文集》。他既是一位伟大的革命家，也是一位杰出的思想家，无论他英勇献身革命事业的光辉事迹，还是他涉及政治、哲学、文学、史学、翻译等众多领域的重要思想，都值得后人学习和珍视。他悲壮地死去，但他的精神永存，他的英名千古！

"此生合是忘家客，风雨登轮出国门"——何叔衡

1935年2月24日，在福建长汀县附近的一座高山上，一位年届花甲的老者为了不落入尾追的敌人之手，纵身跳下悬崖，壮烈牺牲。他就是中国共产党的创始人之一——何叔衡。

何叔衡，1876年生，湖南宁乡人。1902年考中秀才，县衙请他去担任主管钱粮的官吏。他激愤于衙门腐败，甘愿在家种田、教私塾，被乡里人讥笑为"穷秀才"。1913年，何叔衡考入湖南省立第一师范讲习班，与毛泽东、蔡和森等志同道合，成为好友。从第一师范结业后，何叔衡先后在

第五章
永远的丰碑

长沙楚怡学校和第一师范附小任教，同时积极参加毛泽东、蔡和森等组织的革命活动。1918年4月，他参加了毛泽东等人发起和组织的新民学会，被选为执行委员长。五四运动中，他与长沙的进步教师一起支持学生反帝爱国行动。1920年3月，他参加了驱除皖系军阀张敬尧的斗争。1920年夏，他与毛泽东等人发起组织俄罗斯研究会，确定以"研究俄罗斯一切事情

★何叔衡

为宗旨"，提倡赴俄勤工俭学，先后介绍刘少奇、任弼时、萧劲光等进步青年到上海外国语学校学习俄语及赴俄留学。1920年冬，他与毛泽东共同发起成立湖南的共产党早期组织。

　　1921年7月，何叔衡与毛泽东一起作为湖南共产主义小组的代表出席了中国共产党第一次全国代表大会，成为中国共产党的创始人之一。10月，他参与组建中共湖南支部，任支部委员。1922年，他任中共湘区执行委员会委员，在湖南大力发展党员和基层组织，开展革命活动。毛泽东曾经高度评价过他这个时期的工作，说"叔衡办事，可当大局"，还说"何胡子是一头牛"，意思是说他能像牛一样勤勤恳恳、任劳任怨地为党工作。第一次国共合作时期，按照党的要求，何叔衡在湖南发展国民党组织，推动国民革命的发展，曾任国民党湖南省党部执行委员、监察委员等职。

　　在革命遭受挫折的时候，何叔衡更加冷静。1927年5月21日，湖南军阀何键的部下许克祥在长沙叛变革命，制造了反共的"马日事变"。事变当天，何叔衡正在宁乡乡下。闻讯后，他不顾危险立即赶到县城，得知长沙城内情况十分严重：革命团体机关全被捣毁，革命者的鲜血染红了长沙

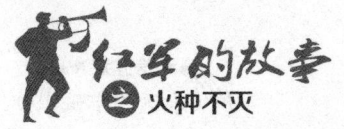

城。为了寻找党组织,反击反革命逆流,他不顾严重的白色恐怖,毅然赶往长沙。到长沙后,何叔衡即不幸被捕。审讯时,伪法官觉得何叔衡像一个乡村老学究,便问他的姓名和职业。何叔衡机智地回答说他姓张,是个私塾先生。接着他装迂,摇头晃脑一字不漏地背诵起《论语》来。伪法官打断他的话头,问道:"你知道什么是国民党和共产党吗?"他回答:"吾乃学者,焉能不知?我知之甚详。国民党即三民主义是也,共产党乃五权宪法之倡议者。"何叔衡这种近乎荒唐的说法和镇静自如的姿态哄骗住了伪法官,他很快被释放了。脱险以后,根据党的指示,何叔衡离开湖南经武汉前往白色恐怖笼罩的上海,同毛泽东、谢觉哉、恽代英、熊瑾玎等筹办了"聚成印刷公司",何叔衡任经理,以对外公开营业为掩护,秘密为党印刷文件和刊物,坚持党的地下斗争。

1928年,党决定派何叔衡去莫斯科学习。在途经哈尔滨时,他写过这样一首诗表达自己对党、对共产主义事业的忠诚:

> 身上征衣杂酒痕,
> 远游无处不销魂。
> 此生合是忘家客,
> 风雨登轮出国门。

6月,何叔衡出席了在莫斯科近郊召开的中国共产党第六次全国代表大会;9月,进入莫斯科中山大学,与徐特立、吴玉章、董必武、林伯渠等被编在特别班学习。在莫斯科期间,何叔衡一方面如饥似渴地学习马克思主义理论,一方面十分关注国内的情况和家人的进步。他在给兄弟何玉书和何玉湘的信中说:"我在此阅中国报纸,见白崇禧在北京演说词云,湖南

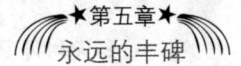

自去年起死去 17 万人,又 12 月记载,河南饥民有 600 万人。即此之事可观中国之情形矣!"在另一封信中还说:"我不希望我家活多人,只望活的人要真活,不要活着还不如死。"他还在其他几次家书中谈到了自己的人生观:"我平生对于过去的失败,绝不懊悔,未来的侥幸,绝不强求,只我现在应做的事,不敢稍微放松,所以免去许多烦恼。""且我绝对不是我一家一乡的人,我的人生观,绝不是想安居乡里以善终的,绝对不能为一身一家谋升官发财以愚懦子孙的"。

1930 年 7 月,何叔衡结束 2 年多的留学生涯回国,在上海负责中国互济会工作,组织营救被捕同志,将身份暴露的同志转往苏区。这时他的两个女儿都在上海工作,他到上海不久,两个女儿由于严重的白色恐怖均被捕,次女实嗣的爱人杜延庆也在异地被捕,长女实山的爱人夏尺冰被杀害于长沙。面对此危难,何叔衡冷静地通过组织做营救工作。两个女儿获释以后,他教育和安慰她们一定要化悲痛为力量。他说:"一个共产党员就是不应该死在病床上,他一定要死在大马路上。"何叔衡还要求她们要抱定舍身忘家的决心,继续做好党的工作。

1931 年 11 月,何叔衡奉命离开上海经香港、广东、闽西到达中央革命根据地,参加中央工农民主政府的领导工作,并当选为中华苏维埃共和国中央执行委员会委员,任临时中央政府工农检察人民委员、内务人民委员部代部长、临时最高法庭主席等职。在中央苏区,他主持中央临时政府检察、内务和最高法庭工作时事无巨细,均审慎细致、实事求是,注重调查研究。他白天和群众在田间地头边干活边交谈,晚上则召集干部群众座谈,了解掌握了大量的第一手材料。他发现有相当一部分干部靠行政命令去推行工作,有的甚至贪污腐化,如不及时克服将直接威胁苏维埃政权的巩固,于是他随即向毛泽东、项英等中央政府领导汇报,以求及时解决问题。他

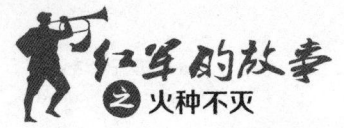

的审慎作风和务实态度虽然遭到"左"倾领导者的错误打击，但他始终以一个共产党员的党性原则严格要求自己，坚持从大局出发，忍辱负重，努力做好组织分配给自己的工作。

1934年10月，中央红军主力长征后，何叔衡留在中央革命根据地坚持游击斗争，经受了严峻的生死考验。1935年2月24日，党组织派人护送何叔衡、邓子恢、陈潭秋等人进行转移。夜间在福建长汀水口附近的一个村庄休息时，何叔衡一行不幸被敌人包围，情况非常危急。战友们开始向山上撤退，但何叔衡已是快60岁的人了，行走很吃力。敌人已经迫近，何叔衡怕拖累其他人，在离他最近的悬崖边对战友们说："我不能走了，我要为苏维埃流尽最后一滴血。"说罢，纵身坠崖，壮烈牺牲，时年59岁。

何叔衡牺牲以后，熟悉他的老一辈无产阶级革命家都对他的一生做出了极高的评价。1937年，纪念中国共产党成立16周年大会在延安召开，大会提议为牺牲同志默哀，当毛泽东郑重念到何叔衡的名字时，大家无不为这位党内革命长者的牺牲而深感悲痛。谢觉哉曾经回忆说："叔衡同志对党的认识深刻和意志坚定是超人一等的。""叔衡同志以不能谋自谦，故很能虚怀接受人家的意见。但也以能断自负，每在危难震撼、人们犹豫的时候，他能不顾人家反对，不要人家赞助，毅然走自己的路，站在人们的面前。"

"我掩护你们！"——毛泽覃

毛泽覃，1905年生，湖南湘潭县韶山冲人，中共党员。幼时曾读过私塾，后就读于湘乡东山小学。1918年，随长兄毛泽东到长沙，进入湖南第一师范附属小学学习，同年参加新民学会。

1921年7月，他加入中国社会主义青年团。1922年初，他进入长沙协

第五章
永远的丰碑

均中学读书，在毛泽东的指导下组织青年阅读进步书刊，发展和扩大青年团组织，不间断地把革命书刊和宣传品秘密分发给长沙各行业工会和学校。1923年春，毛泽覃受中共湘区委员会派遣，赴常宁水口山铅锌矿从事工人运动，任工人俱乐部教育委员兼工人学校教员。同年10月，转入中国共产党。1924年春，他奉调返回长沙，任社会主义青年团长沙地委书记处书

★毛泽覃

记。1925年秋，他跟随毛泽东到广州从事革命活动，先后在黄埔军校政治部、中共广东区委、广东省农民协会和省港罢工委员会工作。

1927年5月，毛泽覃从广州秘密转移到武汉，在国民革命军第四军政治部任书记，后随中国共产党人掌握的革命武装叶挺独立团开往江西参加南昌起义，任起义军第十一军第二十五师政治部宣传科科长。起义部队南下后，他随朱德、陈毅所率部队转战闽粤赣湘边。同年冬，被派赴井冈山联络毛泽东领导的秋收起义部队。

1928年初，毛泽覃任遂川县游击大队党代表，在井冈山根据地随工农革命军参加攻打遂川县城的战斗，后奉命到宁冈大陇进行土地革命试点，在乔林乡建立起宁冈县第一个农村党支部，并担任党支部书记。这个党支部在土地革命和巩固乡村政权的斗争中，成为井冈山根据地的一面红旗。同年3月中旬，他奉命率特务连前往湘南与朱德、陈毅所率的湘南起义部队联络。4月，参加朱德、毛泽东领导的井冈山会师。5月，他任中国工农红军第四军第三十一团第三营党代表，参加了龙源口等战斗。

1930年1月，毛泽覃任红六军（后改称为红三军）政治部主任，代理军政治委员，同军长黄公略率领全军在赣水两岸开展游击战争，巩固和扩

大了赣西南革命根据地。同年10月，红军攻下吉安后，他任中共吉安县委书记、红军驻吉安办事处主任，以特派员身份协助红二十二军军长陈毅率部回师遂川，恢复了这一带的红色区域。1931年6月，他任中共永（丰）吉（安）泰（和）特委书记兼红军独立第五师政治委员，在第三次反"围剿"作战中，与师长萧克指挥部队连续取得富田、老营盘等战斗的胜利。1932年，他任中共苏区中央局秘书长。其间，与邓小平等一起同党内"左"倾错误进行了坚决斗争。他参加了中央苏区历次反"围剿"作战。由于卓有战功，荣获二级红星奖章。

1934年10月，中央红军主力长征后，毛泽覃奉命留在中央革命根据地坚持游击战争，任中共中央苏区分局委员、红军独立师师长、闽赣军区司令员。在极端艰苦的条件下，他率部转战于闽赣边界的崇山峻岭，风餐露宿于山谷密林，不断寻找战机打击敌人，有力地配合了中央红军主力部队的长征。

1935年遵义会议后不久，根据中央分局的统一安排，毛泽覃率领一部前往福建长汀的四都区，与福建省委书记万永诚、军区司令员龙腾云率领的队伍会合整编，成立新的闽赣边界军区领导机构，毛泽覃是军区的领导成员。1935年2月至3月，国民党发动了第二次"清剿"，福建省级机关在四都也无法留驻了，先后搬迁到谢坊、琉璃、汤屋、小金、乌泥等小村庄。毛泽覃根据党中央和毛泽东的指示，曾经建议"放弃四都，将部队编成几个支队，四处袭击敌人，领导中心退到闽粤赣边的深山中去"。可是，万永诚拒绝接受，结果2个主力团被敌人打散。4月上旬，部队在长汀县腊口西分水坳被敌人包围，龙腾云、万永诚率领大部分队伍向东突围，毛泽覃率领一小部分队伍担任掩护，然后向西突围。龙腾云、万永诚率部突围后，第二天在武平县梅子坝又被敌人包围，部队被打散，龙腾云、万永诚也在

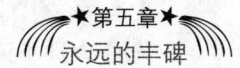

战斗中牺牲。毛泽覃率领一部分队伍完成掩护任务后,突出重围,到达田心,不料又遭敌伏击,队伍被打散。他迅速搜寻并集合部分被打散的战士,摆脱尾追的敌人,经过艰苦转战来到长汀和瑞金边界的大山之中。

1935年4月25日,毛泽覃率领饥寒交迫的游击队穿山越岭,来到瑞金县黄鳝口附近一个名叫"红林"的大山之中。这天傍晚,他们抵达高山上只有几户人家的黄田坑。晚上,他们在老乡的帮助下来到一个纸槽小屋里过夜。深夜,毛泽覃把一个姓杨的战士叫到跟前,指示他说:"你到杉背坑去找陶古游击队,请他们明天到这儿来,一起攻打国民党的黎子岗炮楼,我们从那儿冲出去。"26日清晨,他又叫醒一个姓何的战士,派他出去侦察敌情。不料,国民党军毛炳文部的第二十四师汤团某部,在排长兼便衣队长秦坤的带领下路过这里,获知消息后,立刻包围了纸槽小屋。听到枪声,毛泽覃立即叫醒正在酣睡的同志们,急促而坚定地说:"我们被包围了,大家快从纸槽侧门突围出去吧,我掩护你们!"说完,他快步跑到门外的一个高地上,端枪向拥来的敌军扫射,以掩护大家撤退。队员们迅速撤退了,毛泽覃却再也无法突破敌人的包围。一阵枪弹射过来,射中了他的右腿,他勇敢地还击。又一发子弹飞来,射中了他的左腿,鲜血染红了草地。毛泽覃咬紧牙关,忍着伤口的剧痛,双腿跪在地上继续朝敌人射击。子弹又射过来,穿透了他的胸膛。毛泽覃不幸壮烈牺牲,时年29岁。

毛泽覃牺牲后,敌人从他身上搜出了被鲜血染红的毛泽东和朱德的照片,还有他自己的入党证。敌人将毛泽覃的遗体抬至红林村黄鳝口白屋子,用刺刀凶残地将其头颅割下,送往县城悬挂示众,将烈士不完整的尸身抛置于黄鳝口张屋坪的茅草丛中。当晚,红林村地下党员及群众秘密地将烈士遗体就地安葬在张屋坪象湖镇(今江西省赣州市瑞金市泽覃乡红林村张屋坪)。

几十年之后才被发现的毛泽覃随身带的红星奖章,如今,陈列在瑞金

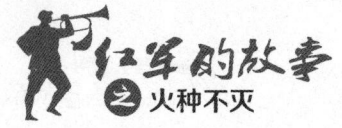

中央革命根据地纪念馆内,它向人民永远唱响着一位革命英雄的生命之歌。

"颈血常思敌国溅,寸心久欲报家邦"——贺昌

"环顾同志中,阮贺足称贤。阮誉传岭表,贺名播幽燕。审计呕心血,主政见威严。哀哉同突围,独我得生全。"这是陈毅在得知阮啸仙和贺昌二人牺牲时,悲痛至极写下的悼念诗文。在诗中,陈毅对两位同志短暂的一生进行了充分肯定,由衷地表达了对英烈敬佩与怀念。

贺昌,1906年生,原名贺其颖,字伯聪,山西省离石县柳林镇人。山西省早期青年运动、工人运动的卓越领导人,中国共产党早期优秀的无产阶级革命家,中国工农红军高级指挥员。

1913—1918年,贺昌在柳林镇小学读书。他的父亲贺雨亭是清末拔贡,学识渊博,思想开明,为人正直。少年贺昌深受其父影响,在他幼小的心灵中播下了爱国报国的种子。贺昌曾在一篇作文中写道:"国家灾难临头,应挺身而出,即使牺牲也不退缩。"1918年,贺昌考入离石县立高级小学,在校期间结识了从该校毕业后在太原和北京等地上学的张叔平、李燕熬、田开疆等进步青年,他的班主任也是一位具有爱国思想的进步人士。受他们的影响,贺昌的思想更加活跃。1919年,"五四"反帝爱国运动波及吕梁山区的离石县时,年仅13岁的贺昌立即投身于反帝爱国运动的洪流中,同学校的进步师生一起组织罢课,声援北京等地的学生运动,更是写下了气干云天的《壮

★ 贺昌

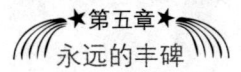

志歌》：

> 扛罢笔杆再扛枪，
> 经文纬武干一场。
> 颈血常思敌国溅，
> 寸心久欲报家邦。

1921年，贺昌在省立太原第一中学读书时加入中国社会主义青年团，曾任团地委书记。1923年转入中国共产党，担任团中央经济部主任，同年夏入上海大学学习。他先后在太原、安源、北平、天津、上海等地从事青年运动和工人运动。其间，曾为《中国青年》撰写《中国共产主义青年团五年来的奋斗》《青年学生与职工运动》等文章，从理论上阐述了青年运动与工农运动相结合的重大意义。后参与组织发动上海工人3次武装起义，是中共江浙区委负责人之一。1927年7月中旬，贺昌被指定为中共前敌军委委员，8月参加南昌起义，后又参加广州起义的组织与准备工作。1928年，贺昌参与重建中共湖南省委，选派干部、输送物资，支援井冈山革命根据地的斗争。他先后担任团中央委员、团中央常委、团中央工农部部长、共青团湖北省委书记、团中央劳动部部长、南方局宣传部部长、顺直省委书记等职，曾被选为中共第五届、第六届中央委员。1930年春，担任中共中央北方局书记。贺昌曾组织唐山兵变和多次武装起义，均因没有建立巩固的革命根据地，在强敌进攻下失败。

1931年，贺昌抵达中央苏区，任中国工农红军第五军政治委员、第三军团政治部主任、总政治部副主任，参加南雄、水口等战役和中央苏区反"围剿"。他重视部队党的建设和政治教育，曾协助王稼祥主持召开红军第

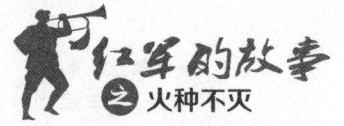

一次全国政治工作会议。

1934年10月，中央红军主力长征后，贺昌奉命留在中央革命根据地与项英、陈毅等人组成中共中央苏区分局和中华苏维埃共和国中央办事处，担任中共中央苏区分局委员、中央军区政治部主任，继续在南方革命根据地领导红军和游击队坚持斗争。为掩护主力转移，他曾亲率一支部队抗击敌人，右腿负伤仍坚持指挥。后遭敌人大举围攻，形势危急。他鼓励大家："不仅要当胜利时的英雄，也要当困难时的英雄，真正的英雄是在困难中考验出来的。"

1935年3月，贺昌率部向粤赣边突围。10日，于江西会昌河畔遭敌人伏击。贺昌虽身负重伤，但宁死不当俘虏，在高喊"红军万岁"等口号之后，把最后一颗子弹打进了自己的胸膛，壮烈牺牲，年仅29岁。

"敌人只能砍下我们的头颅，决不能动摇我们的信仰！"——方志敏

方志敏，1899年生，江西省弋阳县人。8岁进私塾读书，5年后因家境不济回乡，一面劳动一面刻苦自学。1916年，他考入弋阳县立高等小学。1919年夏，他以优异的成绩考入江西省立南昌甲种工业学校。这时，正值五四运动后新思想、新思潮在中国开始广泛传播，他如饥似渴地阅读《新青年》等进步书刊，参加和组织学生运动，被选为南昌学联的负责人之一。1921年，方志敏来到南昌南伟烈学校读书，开始阅读马克思主义著作。1922年，他只身前往上海，同年加入中国社会主义青年团，后组织派他到江西工作。1923年3月，转入中国共产党。他在《我从事革命斗争的略述》一文里写道："共产党员——这是一个极尊贵的名词，我加入了中国共产

党,做了共产党员,我是如何地引以为荣啊!从此,我的一切,直至我的生命都交给党去了。"

第一次国共合作期间,方志敏在南昌等地组织农民进行减租和抗捐斗争,发动了轰轰烈烈的农民运动。他先后任国民党江西省党部执行委员兼农民部部长、中共江西区委工委书记、中共江西省委农民协会秘书长。1925年冬,党组织派他回家乡开展农民运动。1926年4月,他作为江西省代表赴广州参加第二次农民代表大会。其间,他第一次见到毛泽东和彭湃,还到东江、大埔一带考察农民运动。1927年3月,他赴武汉参加由毛泽东、邓演达主持的粤湘赣鄂豫农民协会执委会和农民自卫军联席会议,与毛泽东、彭湃、邓演达、谭平山等13人当选

★方志敏

中华全国农民协会临时委员会执行委员。他完全赞同毛泽东在《湖南农民运动考察报告》中提出的思想和主张。

大革命失败后,1927年8月下旬,方志敏化装成贫苦农民从吉安步行回到弋阳,任弋阳和横峰等5县工作委员会书记兼武装起义总指挥、中共弋横德中心县委书记、江西省委委员,传达八七会议精神,组织农民武装进行暴动准备。1928年1月,他与邵式平、黄道等人领导赣东北弋阳、横峰地区农民起义,创建了赣东北革命根据地,领导组建中国工农红军第十军。从1930年起,他先后任赣东北省、闽浙赣省苏维埃政府主席,红十军政治委员,中华苏维埃共和国中央执行委员,中共闽浙赣省委书记。1934年1月,在中共六届五中全会上当选为中央委员。他把马克思主义普遍真理与赣东北实际相结合,创造了一整套建党、建军和建立红色政权的经验,

建立了被毛泽东称之为"方志敏式"的根据地。

1934年，日本帝国主义的魔爪已从东北伸向华北地区，山河破碎，国难日深。1934年8月1日，在瑞金出版的《红色中华》全文刊登了《中华苏维埃共和国中央政府、中国工农红军革命军事委员会为中国工农红军北上抗日宣言》。11月，中央决定将红七军团和红十军团合编为中国工农红军北上抗日先遣队，方志敏任红十军团军政委员会主席。方志敏伫立在赣东北地区的高山上，俯视着壮丽的山河不禁热血沸腾，心潮澎湃。他热爱自己的祖国，他在文章中表达自己要"从崩溃毁灭中，救出中国来，从帝国主义恶魔生吞活剥下，救出我们垂死的母亲"而不惜"我这一条蚁命"的决心。

抗日先遣队挥师北上，得到了全国人民的热烈欢迎，振奋了民族精神。但是蒋介石反动集团不顾民族危亡，竟调集十几万军队包围抗日先遣队。方志敏不畏强敌围追堵截，率领部队沿途给敌军以狠狠打击。在一个多月里，抗日先遣队从赣东北打到安徽的黄山脚下，占领了安徽的太平、泾县等地。1934年12月中旬，抗日先遣队到达谭家桥一带，遭遇数倍于己的敌军。方志敏指挥部队英勇反击，打退了敌人一次又一次的进攻。由于敌众我寡，红军指战员伤亡很大，第十九师师长寻淮洲牺牲，乐少华、刘英身负重伤。当时，战局的发展对红军极为不利，方志敏果断地率领部队撤出战斗，迅速转移。

1935年1月中旬，方志敏率领的北上抗日先遣队冲破了敌人的一道道围堵，迂回到赣东北的怀玉山区。在过敌人封锁线时，遇敌突然袭击，部队被打成两截。前一截800多人在方志敏、乐少华、刘英和粟裕的率领下，冲出封锁线回到了根据地；后一截主力部队，因刘畴西、王如痴指挥失当而被敌人重重包围。当方志敏不顾个人安危、冒着雨雪冲进封锁线重新找到部队时，队伍只剩下2000多人，被敌军14个团包围在很小的狭长地区。

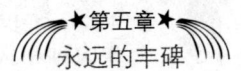

方志敏立即把部队缩编为1个团,千方百计与敌人周旋。尽管作了种种努力,但部队始终未能冲破敌人的封锁线,最后只剩下80余人,而且这些战士已经7天没有吃饭。部队处于绝境,方志敏心如刀绞,他下定决心,一定要与敌人决一死战。但由于叛徒的出卖,1935年1月29日,方志敏在怀玉山密林中不幸被捕。被俘时,国民党士兵搜遍方志敏全身,除一块怀表和一支钢笔外,没有发现一文钱。

方志敏被捕后,蒋介石密令顾祝同劝降。敌人企图用"接风"酒宴、金钱和美色来软化方志敏的斗志,方志敏对此不屑一顾。敌人劝方志敏"悔过",方志敏表示"笃信共产,至死不渝"。敌人看软的不行,就来硬的。他们把方志敏押上大堂审讯,方志敏大义凛然,威武不屈,痛斥国民党的滔天罪行。敌人见软的、硬的办法都不奏效,就给方志敏戴上十几斤重的脚镣、手铐,还对他施以鞭笞、铜烙的酷刑。方志敏虽几经昏死,却毫不屈服,断然表示:"宁为玉碎,不为瓦全。为革命而死,虽死犹荣!"

1935年2月2日,敌人把方志敏押到南昌监狱。在狱中,方志敏仍然念念不忘党的工作。他利用敌人提供给他写"供词"的纸和笔,不顾身体虚弱,在昏暗的牢房里抓紧时间写作。他立下誓言:"我能舍弃一切,但不能舍弃党,舍弃阶级,舍弃革命事业。我有一天生命,我就应该为它们工作一天!"从春到夏,在极端艰苦的条件下,方志敏用自己全部的感情和心血写了《可爱的中国》《狱中纪实》《赣东北苏维埃创立的历史》《我从事革命斗争的略述》等几十万字文稿。他写道:"清贫,洁白朴素的生活,正是我们革命者能够战胜许多困难的地方!""敌人只能砍下我们的头颅,决不能动摇我们的信仰!因为我们信仰的主义乃是宇宙的真理!为着共产主义牺牲,为着苏维埃流血,那是我们十分情愿的啊!"

有一天,方志敏偶然从敌人包东西的一张旧报纸上,看到毛泽东领导

红军在贵州遵义地区歼灭了国民党军2个师8个团的消息,兴奋得彻夜难眠。于是,他在报纸的空白处写道:"亲爱的全国红军同志们,我在狱中热诚地庆祝你们的伟大胜利,希望你们在党中央的正确领导下,坚决战斗,全部消灭白军,创造苏维埃新中国!"蒋介石见方志敏坚贞不屈,便下了"秘密处死"的命令。1935年8月6日清晨,方志敏慷慨激昂地高呼着口号,走向刑场……

方志敏虽然壮烈牺牲了,但他创建赣东北革命根据地和红十军团的功绩,他率军北上抗日的精神,他用血写下的雄文,永留人间!

据不完全统计,红军主力长征后,南方各根据地留下坚持斗争的部分主力红军和地方部队总计5.7万余人,加上各游击区后来新发展的红军和游击队队员,3年中,南方八省各游击区先后坚持与参加斗争的实际人数不少于9万人。然而,在1937年改编成新四军之时,各省游击队总计才8000人左右。也就是说,在短短的3年时间里,各游击区牺牲的红军游击队指战员不下8万人。这个数字还不包括我党领导下的南方八省各级红色政权牺牲的人数和琼崖游击区在长达6年的游击战争中牺牲的烈士。其中,牺牲的部队团级和地方县级以上干部多达431人,地方特委和部队师级以上干部50余人。南方三年游击战争,其斗争之艰苦、牺牲人员之多,特别是牺牲的党和军队高级领导干部之多,在中国革命战争史上是罕见的,是中国革命史上悲壮的一页。

主力红军长征之后,留守在南方八省的红军,在同党中央失去联系和被敌人长期分割包围的逆境中,在当地党组织的领导和人民群众的大力支持下,以坚定不移的革命意志和英勇顽强的斗争精神,独立自主地坚持了艰苦卓绝的三年游击战争。他们不屈不挠的坚守与主力红军的两万五千里长征同样造就了中国革命史上可歌可泣的历史传奇。

拓展阅读

南方三年游击战争时期,牺牲的部分地方特委及部队师级以上干部名录如下所示。

姓名	籍贯	出生年份	职别	牺牲时间和地点
瞿秋白	江苏常州	1899年	中共苏区中央分局宣传部部长	1935年6月18日牺牲于福建长汀
贺昌	山西离石	1906年	中共中央北方局书记、中国工农红军第三军政治部主任	1935年3月10日牺牲于江西会昌
梁柏台	浙江新昌	1899年	中华苏维埃中央政府办事处副主任	1935年3月牺牲于江西大庾
何叔衡	湖南宁乡	1876年	中共临时中央政府工农检察人民委员	1935年2月24日牺牲于福建长汀
方志敏	江西弋阳	1899年	中共闽浙赣省苏维埃政府主席、红十军团军政委员会主席	1935年8月6日牺牲于江西南昌
蔡会文	湖南攸县	1908年	赣南军区司令员、湘粤赣游击支队支队长	1935年12月4日在湖南桂东的一次战斗中被捕后牺牲
阮啸仙	广东河源	1898年	中共赣南省委书记兼赣南军区政委	1935年3月6日牺牲于江西信丰
刘伯坚	四川平昌	1895年	赣南军区政治部主任	1935年3月牺牲于江西大庾

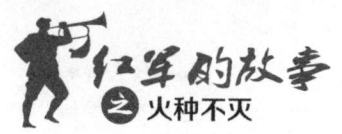

（续表）

毛泽覃	湖南湘潭	1905年	中共福建省委秘书长	1935年4月26日牺牲于瑞金红林山区
古柏	江西寻乌	1905年	中央政府粮食部劳动部秘书长	1935年春牺牲于广东龙川鸳鸯坑
刘畴西	湖南望城	1897年	闽浙赣军区司令员、红十军团军团长	1935年8月6日牺牲于江西南昌
寻淮洲	湖南浏阳	1912年	红七军团军团长、红十军团第十九师师长	1934年12月16日在安徽黄山太平县谭家桥战斗中牺牲
李赐凡	湖南宜章	1908年	江西省军区司令员	1935年牺牲于江西宁都
万永诚	江西赣州	1898年	中共福建省委书记兼军区政委	1935年4月10日牺牲于武平、会昌边界之梅子坝山区
龙腾云	广西	1907年	福建军区司令员	1935年4月10日牺牲于武平、会昌边界之梅子坝山区
李天柱	湖南耒阳	1898年	红二十四师第七十二团团长	1937年4月牺牲于江西寻乌
李才莲	江西兴国	1914年	中共中央苏区分局书记	1935年5月在瑞金大柏地突围中牺牲
唐在刚	四川开江	1903年	闽浙赣军区司令员	1935年7月3日牺牲于江西横峰
陈寿昌	浙江镇海	1906年	中共湘鄂赣省委书记兼省军区政委	1934年11月牺牲于湖北崇阳
徐彦刚	四川开江	1907年	湘鄂赣军区司令员兼红十六师师长	1935年9月牺牲于江西永修

（续表）

彭辉明	广西	1905年	湘赣军区司令员	1935年2月牺牲于江西莲花
张星江	河南唐河	1907年	中共鄂豫边省委书记	1936年3月28日牺牲于河南桐柏岭寨战斗
李乐天	广东南雄	1905年	中共赣粤边特委书记兼军分区司令员	1937年3月在江西信丰负伤后牺牲
赖昌祚	江西瑞金	1906年	中共闽赣省委书记、瑞西特委书记	1936年10月牺牲于江西瑞金罗汉岩
吴先喜	江西横峰	1908年	闽北军分区司令员、闽北独立师政委	1937年2月牺牲于福建光泽
黄立贵	江西横峰	1905年	闽北独立师师长	1937年7月13日牺牲于邵武洒溪桥
彭林昌	不详	不详	中共湘南特委书记	1934年12月在郴县被叛徒杀害
黄富武	江西弋阳	1908年	浙南挺进师政治部主任、中共浙西南军分区特委书记	1935年12月12日牺牲于浙江丽水
杨英	湖南宝庆	1911年	红二十四师政委	1935年3月牺牲于江西会昌天门
方永乐	安徽六安	1916年	鄂豫皖红二十八军第八十二师政委	1936年6月14日牺牲于湖北麻城
罗成云	不详	不详	鄂豫皖红八十二师师长	1935年2月牺牲于安徽霍山
马立峰	福建福安	1909年	中共闽东苏维埃政府主席	1935年2月8日牺牲于福建柘洋

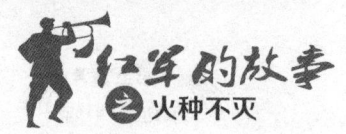

附录

在南方八省坚持三年游击战争的开国将帅

1955年,新中国首次实行军衔制时,当年坚持南方三年游击战争的15个游击区的多名红军指战员被授予将帅军衔。其中,元帅1名、大将1名、上将3名、中将8名、少将96名,占授衔将帅的6.6%。现部分介绍如下。

一、赣粤边游击区

陈　毅　四川乐至人,时任中华苏维埃共和国中央政府办事处主任,领导南方三年游击战争。1955年任中共中央军委副主席时被授予元帅军衔。

张日清　福建长汀人,曾任信康雄游击司令部支队政治委员。1955年任第十四步兵学校政治委员时被授予少将军衔。

曾如清　江西吉安人,曾任中共于都县谭头区委书记兼游击大队政治委员。1955年任志愿军某军政治委员时被授予少将军衔。

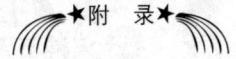

二、闽赣边游击区

张开荆　江西吉水人，曾任游击纵队司令员。1955年任黑龙江省军区司令员时被授予少将军衔。

钟国楚　江西兴国人，曾任闽赣军区独立第八团副政治委员兼政治处主任。1955年任上海警备区副司令员时被授予少将军衔。

黄玉庭　江西万年人，曾任游击大队长。1955年任空军第二航空预科部队总队长时被授予少将军衔。

彭胜标　福建长汀人，曾任兆征县苏维埃政府主席。1955年任安徽省军区政治部主任时被授予少将军衔。

三、闽西游击区

黄火星　江西乐安人，曾任闽西南军政委员会委员。1955年任中国人民解放军军事检察院检察长兼中央军委总直属队政治部主任时被授予中将军衔。

王　直　福建上杭人，曾任红军连政治指导员。1955年任福州军区公安军政治委员时被授予少将军衔。

刘永生　福建上杭人，三年游击战争时曾任永东游击队司令员。抗日战争与解放战争时期，一直在闽西坚持斗争，曾任闽粤赣边纵队司令员。1955年任福州军区副司令员兼福建省军区司令员时被授予少将军衔。

何志远　湖南浏阳人，曾任闽西南中共区委书记、代县委书记。1955

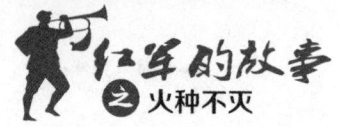

年任某军政治委员时被授予少将军衔。

邱相田　福建上杭人，曾任闽西南军政委员会青年部副部长。1955年任济南军区装甲兵政治委员时被授予少将军衔。

张雍耿　福建宁化人，曾任闽西红军永定大队大队长。1955年任空军某军副政治委员时被授予少将军衔。

陈茂辉　福建上杭人，曾任中共永埔县委副书记。1955年任某军政治委员时被授予少将军衔。

罗桂华　江西萍乡人，曾任福建军区独立第九团政治委员。1955年任总军械部驻沈阳代表时被授予少将军衔。

姜茂生　广西凤山人，曾任闽西南游击队第三支队一大队大队长。1955年任广西军区副司令员时被授予少将军衔。

廖成美　福建龙岩人，曾任龙岩游击队政治委员。1955年任高级炮兵技术学校政治委员时被授予少将军衔。

熊兆仁　福建永定人，曾任闽西红军第四支队副大队长。1955年任福建省军区副参谋长时被授予少将军衔。

四、闽东游击区

叶　飞　福建南安人，曾任中共闽东特委书记、闽东军政委员会主席兼红军闽东独立师师长、政治委员。1955年任南京军区副司令员兼福建省军区司令员兼第一政治委员时被授予上将军衔。

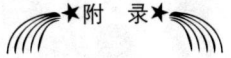

五、闽浙赣游击区

饶守坤　江西德兴人，曾任红军闽北独立师第二团团长、闽东北军分区司令员。1955年任海军东海舰队副司令员时被授予中将军衔。

刘文学　湖南醴陵人，曾任闽浙赣第三军分区司令员兼政治委员。1955年任浙江省军区副政治委员时被授予少将军衔。

陈仁洪　江西铅山人，曾任闽浙赣军区第四纵队第一支队支队长。1955年任某军军长时被授予少将军衔。

谢　锐　江西弋阳人，曾任红十军政治部宣传队队长。1955年任装甲兵学院副院长时被授予少将军衔。

六、浙南游击区

粟　裕　湖南会同人，曾任红军挺进师师长、闽浙军区司令员。1955年任解放军总参谋长时被授予大将军衔。

王蕴瑞　河北巨鹿人，曾任红军挺进师参谋长。1955年任南京军区参谋长时被授予少将军衔。

乔信明　湖北大冶人，曾任红军北上抗日先遣队第八十八师参谋长。1955年任南京军区空军后勤部政治委员时被授予少将军衔。

刘亨云　江西贵溪人，曾任闽浙军区教导队政治委员。1955年任石家庄高级步兵学校副校长时被授予少将军衔。

张文碧　江西吉水人，曾任红军挺进师第二纵队政治委员。1955年任

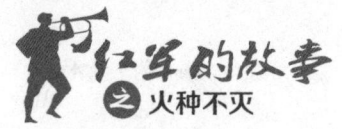

志愿军某军政治委员时被授予少将军衔。

陈铁君　浙江平阳人，曾任闽浙军区副司令员兼参谋长。1955年任中央军委训练总监部计划监察部副部长时被授予少将军衔。

七、皖浙赣边游击区

刘毓标　江西横峰人，曾任皖浙赣省委组织部部长兼独立团政治委员。1955年被授予少将军衔。

倪南山　安徽东至人，曾任皖浙赣江南红军独立营特派员。1955年任江西省军区副司令员时被授予少将军衔。

孙克骥　福建崇安（今武夷山）人，曾任闽浙赣特委委员兼统战部部长。1955年任广州军区公安军政治委员时被授予少将军衔。

八、闽粤边游击区

卢　胜　广东乐会（今属海南省琼海市）人，曾任闽南红军第三团团长兼政治委员。1955年任福建省军区政治委员时被授予中将军衔。

王　胜　福建上杭人，曾任闽南红军第三团副团长兼参谋长。1955年任装甲兵文化学校校长时被授予少将军衔。

钟发宗　江西兴国人，曾任中共兴国县委军事部部长、游击队长。1955年任南京步兵学校政治委员时被授予少将军衔。

彭德清　福建同安人，曾任闽南第二游击支队政治委员。1955年任东海舰队副司令员兼福建基地司令员时被授予少将军衔。

九、湘赣边游击区

刘培善　湖南茶陵人，曾任湘赣红军独立团政治委员。1955年任福建省军区第二政治委员时被授予中将军衔。

朱云谦　江西莲花人，曾任湘赣边区中心县委书记。1955年任广州军区空军副司令员时被授予少将军衔。

罗维道　江西泰和人，曾任中共茶（陵）、攸（县）、莲（花）县委书记。1955年任防空军某军政治委员时被授予少将军衔。

段焕竞　湖南茶陵人，曾任湘赣游击司令部游击大队参谋长兼第一支队支队长。1955年任某军军长时被授予少将军衔。

童炎生　江西安福人，曾任茶（陵）、攸（县）、莲（花）游击队队长。1955年任江苏省军区副司令员时被授予少将军衔。

十、湘鄂赣边游击区

钟期光　湖南平江人，曾任湘鄂赣军区宣传部部长。1955年任军事学院副政治委员兼政治部主任时被授予上将军衔。

傅秋涛　湖南平江人，曾任中共湘鄂赣省委书记兼湘鄂赣军区政治委员。1955年任总参谋部队列部部长时被授予上将军衔。

张　藩　湖南浏阳人，曾任湘鄂赣军区政治部组织部部长。1955年任军事学院战役战术教授会主任时被授予中将军衔。

王义勋　湖北阳新人，曾任红十六师侦察队政治委员。1955年任南京

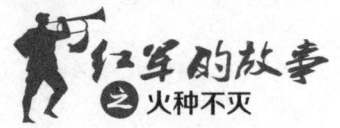

军区公安军政治部主任时被授予少将军衔。

刘玉堂　江西兴国人，曾任湘鄂赣军区政治部主任兼省苏维埃政府副主席。1955年任武汉军区后勤部副部长时被授予少将军衔。

阮贤榜　湖北通山人，曾任中共湘鄂赣东北特委组织部部长兼中心县委书记。1955年任浙江省军区副司令员兼参谋长时被授予少将军衔。

李彬山　湖南平江人，曾任湘鄂赣军区游击队政治委员。1955年任某军副政治委员兼政治部主任时被授予少将军衔。

吴咏湘　湖南湘阴（今汨罗市）人，曾任湘鄂赣军区东北分区参谋长。1955年任志愿军某军军长时被授予少将军衔。

吴嘉民　湖北阳新人，曾任湘鄂赣军区平（江）、浏（阳）游击大队政治委员。1955年任军事学院高级速成系政治委员时被授予少将军衔。

汪克明　湖北阳新人，曾任湘鄂赣红十六师政治部组织科科长。1955年任北京军区军事检察院检察长时被授予少将军衔。

张闯初　湖南平江人，曾任湘鄂赣军区独立营营长。1955年任某军政治委员时被授予少将军衔。

罗湘涛　湖南平江人，曾任湘鄂赣军区供给部部长，省苏维埃政府财政部部长。1955年任南京军区后勤部军需部政治委员时被授予少将军衔。

秦化龙　湖南平江人，曾任湘鄂赣军区游击队第一支队政治部主任。1955年任南京军区炮兵政治委员时被授予少将军衔。

十一、湘南游击区

杨汉林　江西兴国人，曾任湘粤赣游击支队第一大队政治委员。1955年任南京军区政治部副主任时被授予少将军衔。

十二、鄂豫皖边游击区

林维先　安徽金寨人，曾任红二十八军参谋、副团长。1955年任浙江省军区司令员时被授予中将军衔。

梁从学　安徽六安人，曾任红二十八军团长、黄冈游击队队长。1955年任江苏省军区副司令员时被授予中将军衔。

邓少东　湖北大悟人，曾任红二十八军手枪团分队长。1955年任公安部队副司令员时被授予少将军衔。

江腾蛟　湖北红安人，曾任鄂豫皖苏区陂南县儿童局书记。1955年任广州军区防空军政治委员时被授予少将军衔。

李世安　安徽六安人，曾任红二十八军手枪团中队长。1955年任广州军区空军副政治委员时被授予少将军衔。

李世焱　湖北红安人，曾任红二十八军手枪团分队长。1955年任安徽省军区第二政治委员时被授予少将军衔。

余　明　安徽金寨人，曾任鄂东北独立团手枪队政治指导员。1955年任空军某军副政治委员时被授予少将军衔。

汪少川　安徽金寨人，曾任中共黄冈中心县委书记。1955年任某军政治委员时被授予少将军衔。

黄仁廷　安徽六安人，曾任鄂东北独立团政治委员。1955年任山东省军区副司令员时被授予少将军衔。

詹化雨　安徽金寨人，曾任红二十八军手枪团分队长。1955年任军委测绘局政治委员时被授予少将军衔。

蔡炳臣　河南商城人，曾任商城县区游击队指导员、便衣队队长。1955年任吉林省军区副政治委员时被授予少将军衔。

熊　挺　安徽金寨人，曾任红二十八军团政治处秘书。1955年任南京军区直属政治部主任时被授予少将军衔。

十三、鄂豫边游击区

栗在山　河南南阳人，曾任游击队政治指导员。1955年任国防部第五研究院副政治委员兼训练基地政治委员时被授予少将军衔。

十四、鄂豫陕边游击区

陈先瑞　安徽金寨人，曾任鄂陕游击总司令部总司令、红七十四师师长。1955年任北京军区副政治委员时被授予中将军衔。

方升普　安徽金寨人，曾任中共鄂豫陕特委委员，豫陕游击师师长、红七十四师政治部主任。1955年任防空军第一军军长时被授予少将军衔。

刘健挺　安徽霍山人，曾任红七十四师政治部副主任兼组织科科长。1955年任南京军区司令部动员处处长时被授予少将军衔。

孙　光　湖北大悟人，曾任陕南游击支队支队长、红七十四师团长。1955年任青海省军区副司令员时被授予少将军衔。

李书全　安徽六安人，曾任中共鄂豫陕特委委员、红七十四师团政治委员。1955年任济南军区炮兵副政治委员时被授予少将军衔。

何振亚　陕西汉阴人，1936年曾任陕南抗日第一军军长，1937年2月所部编入红十五军团。1955年任沈阳军区空军副司令员时被授予少将军衔。

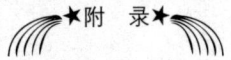

吴林焕　湖北大悟人，曾任红七十四师手枪团团长。1955年任某军副军长时被授予少将军衔。

沈启贤　陕西汉阴人，1936年曾任陕南抗日第一军参谋长，后编入红十五军团。1955年任军事学院空军系主任时被授予少将军衔。

杨银声　安徽寿县人，曾任皖西北游击师连政治指导员，中共皖西北特委青年部部长。1955年任某军政治委员时被授予少将军衔。

十五、琼崖游击区

马白山　海南澄迈人，土地革命战争时期，曾任中共海南澄迈县区委书记。1955年任海南军区副司令员时被授予少将军衔。